「警戒して損しちゃった。
ほら、立てる？」
「す、
あっ

サンディ
魔術師。ロイルの魔力に圧倒され
弟子入りを志願する。
モカ
冒険者ギルドで人気な
猫人族の受付嬢。
ディズ
最初にロイルの仲間になった聖女。
主に敵を拳でぶん殴る。

・フローラ
ロイルたちに助けられる貴族令嬢。
・ロイル
戦才がないと言われ
15年も門番をしていた30歳。
くちベタだが、実は門番生活の中で
膨大な魔力を練り上げていた。

――【すべてを穿つ《オムニス・カウウス》】
俺は確信する。
俺が妄想していた魔術は、本当に使えるんだ。
まるで、物語の主人公のように――。

「門番やってろ」と言われ15年、突っ立ってる間に俺の魔力が9999（最強）に育ってました1

まさキチ

HJ文庫
1157

口絵・本文イラスト　カラスＢＴＫ

目次

魔術史上最大の革命である『具現化魔術』。自ら思い描いた事象をこの世界に顕現させる『具現化魔術』は、それまでの魔術の限界を打ち破り、大いなる可能性をもたらした。

驚くべきことに、『具現化魔術』を生み出したのは魔術師ではなく、一介の門番であった。

彼は一五年もの間、毎日欠かすことなく一〇時間以上、魔力を練り上げ、魔術を考え続けることによって、魔術の神髄にたどり着いたのだ。

男の名はロイル。彼は自分の魔術をこう呼んだ――妄想魔術と。

『魔術の歴史』より抜粋

プロローグ　門番をクビになる

――魔王《まおう》との戦いは終盤《しゅうばん》を迎《むか》えていた。


【勇者】である俺《おれ》は、使命を果たすため仲間と共に、魔王城までやって来た。

長く厳しい戦いだった。かれこれ数時間に及《およ》ぶだろうか。やはり、魔王リリアスノートの強さは隔絶《かくぜつ》していた。

深くスリットの入ったスカートに、胸元《むなもと》が大きく開いた漆黒《しっこく》のドレス姿。とても戦いに相応《ふさわ》しい格好ではないが、それ以外にはあり得ないと思わせるほど、彼女《かのじょ》にはよく似合う。

「やりおるのう。妾《わらわ》の眷属《けんぞく》にならんか？　優遇《ゆうぐう》してやるぞよ」

戦いの最中だというのに、魔王は大きく開いた目をキラキラと輝《かがや》かせ、玩具《おもちゃ》をねだる子どものようだ。その笑《え》みは妖艶《ようえん》で、壮絶《そうぜつ》で、圧倒的《あっとうてき》。思わず俺のハーレムに加えたくなる。

「もう、ロイル、ちゃんとやって」

魔王の美しさに目を奪《うば》われていると、俺の右に立ち、金髪《きんぱつ》をなびかせるシンシアが無骨なメイスをこちらに向ける。【聖誅乙女《せいちゅうおとめ》】である彼女はメイスで敵をぶん殴《なぐ》り、回復魔術《まじゅつ》も使いこなし、そして、おっぱいが大きい。

「浮気《うわき》はダメですっ！」

俺の左に立つのは、サムライ姿でカタナを持ったリンカ。スカイブルーのポニテが揺《ゆ》れる。【阿修羅道《あしゅらどう》】である彼女はスキルを発動させると、バーサク状態になり、能力が大幅《おおはば》にアップして、敵を斬《き》りまくる――普段《ふだん》はおとなしい子なんだけど、キレると誰《だれ》よりも怖《こわ》い。

そして、シンシアに比べるとずいぶんと控《ひか》えめだ。どこが、とは言わないけど。そんな俺の内心を見透《みす》かしたのか、リンカが俺のほっぺをつねる。痛い痛い痛い。

「あるじどの、浮気したら燃やしちゃうよ」

背後から可愛《かわい》い声が聞こえてくる。彼女は人間ではない。【火精霊《せいれい》】のサラ。赤い髪《かみ》を揺らめかせるロリっ子だ。すべてを燃やし尽《つ》くすと恐《おそ》れられる存在だが、なんか知らんけど懐《なつ》かれた。

拗《す》ねると本気で燃やしてくるから、注意が必要だ。何回も消し炭にされかけた俺が言うんだから間違《まちが》いない。

ちなみに、三人とも幾度《いくど》となく死線をくぐり抜《ぬ》けてきた頼《たよ》りになる仲間で、そして――

俺の嫁《よめ》だ。

「ああ、分かってるよ。お前たちが一番だ」

誰がとは言わない。みんな一番。俺は平等主義者なのだ。

俺の言葉に三人とも頬《ほお》を赤く染め、モジモジしている。うん、みんながチョロくて助かった。

「さあ、そろそろ終わりだ。決着をつけよう、リリアスノート」

俺の言葉に三人は殺気を爆発《ばくはつ》させる。

「うむ、望むところじゃ。かかって参れ」

サラが魔術詠唱《まじゅつえいしょう》に入る。俺はシンシアとリンカとともに、魔王に向かって駆《か》け出し――。

□□□□□□□□□□□□□□□□□□□□□

――カーンカーンカーンカーン。

夕暮れ時。閉門を告げる鐘《かね》が響《ひび》き渡《わた》る。俺の仕事は朝の開門の鐘とともに始まり、この鐘で終わる。

俺の名はロイル。ここサラクンの街を守る騎士団《きしだん》の一員だ。一五年間この街で門番をしている。仕事内容はなにもない。突《つ》っ立っているだけの仕事だ。

もちろん、【勇者】なんかじゃない。ただの門番だ。物語《フィクション》だったら、二行で出番が終わるセリフもないモブキャラだ。仕事中はあまりにも退屈《たいくつ》すぎるので、今みたいに妄想《もうそう》して過ごす。

一応は役目があるのだが、俺の出番は一度もなかった。比喩《ひゆ》ではなく、本当に一五年間ここに立っていただけなのだ。

最初のうちは苦痛だった。プレートアーマーを着て、槍《やり》を片手に門の脇《わき》に立ち続ける。夏は灼熱《しゃくねつ》、冬は極寒《ごっかん》。どんな悪天候でも仕事内容に変わりはない。

喋《しゃべ》ってはならない。動いてもならない。

ただただ、モンスターの襲撃《しゅうげき》に備えるのみ。

サラクンの街には東西南北四つの門があり、俺の職場は北門——人通りが一番少なく、寂《さび》れた門だ。

街より北側は寒々しい。小さな農村がいくつかと広大な森。その先には遠い山々——門からは目視できないが、故郷の村もその山にある。それだけだ。

俺が騎士団にスカウトされたのは一五歳《さい》のとき。親父《おやじ》と一緒《いっしょ》に村の農作物を売りに来て、声をかけられた。一八八センチ、九〇キロの巨体《きょたい》を見込《みこ》まれたのだ。

高い給金と名誉《めいよ》ある肩書《かたが》き。親父は一も二もなく了承《りょうしょう》し、農民にとっては大金である入団契約金《けいやくきん》を持ってホクホク顔で村に帰っていった。こうして、俺は晴れて騎士団の一員となった——のはいいのだが、俺には才能がなかった。


これっぽっちもなかった。

剣《けん》を振《ふ》ったらすっぽ抜け。

槍を突いたら飛んでいき。

盾《たて》を持ってても弾かれて。


なにをやらせても、てんでダメ。

呪《のろ》われているとしか思えないレベルでダメ。


契約金を払《はら》った以上、すぐにはクビにできず、当時の騎士団長の「突っ立ってるくらいはできるだろう」との一声で、俺の門番生活が始まった。

田舎《いなか》から出てきて右も左も分からないまま、流されるようにして門番をやらされ、慣れ

た頃《ころ》には辞《や》め時を見失って、そのままズルズルと一五年がたってしまった。

ここ北門には騎士団からひとり門番を派遣《はけん》する決まりだ。北の森で発生したモンスターが溢《あふ》れると街を襲《おそ》う可能性がある——という理由だ。

だけど、ここ数十年、森からモンスターが溢れたことはない。一度もない。よって、俺が活躍《かつやく》したことも、一度もない。一五年間、カカシみたいに突っ立っていただけだ。


今日も昨日と同じ。

明日も今日と同じ。

未来もずっと同じ。


この生活がずっと続くものだと思っていたある日のことだ。昼過ぎに直属上官であるゲラがやって来た。滅多《めった》に顔を合わせることはない。たまに会う機会があっても、バカにしたり、嫌味《いやみ》を言ったりするだけの最低なヤツだ。

「ロイル、伝令だ。団長が呼んでる。勤務終了《しゅうりょう》後、団長室に行け」

ニヤニヤと不愉快《ふゆかい》な笑《え》みを貼《は》りつけたゲラが告げる。

口を開くのも億劫《おっくう》なので、俺は小さく頷《うなず》く。

それを見たゲラはフンと鼻を鳴らし、去って行った。

アイツがわざわざここまでやって来るなんて初めてだ。用があるときは、呼びつける。

嫌《いや》な予感しかしない。胸がザワザワする。

よしっ。こんなときは現実逃避《げんじつとうひ》だ。俺は夕方まで、妄想の世界に生きることにした。勇者になって、ハーレムメンバーとともに美女魔王と戦う妄想だ──。


──妄想にのめり込《こ》み、あっという間に閉門の鐘が鳴る。

嫌な現実に引き戻《もど》された。このまま、うちに帰りたい。だけど、命令に背《そむ》けばより厄介《やっかい》になるのは明らかだ──はぁあ。

大きく溜《た》め息《いき》をつきながら、凝《こ》り固《かた》まった肩《かた》を回し、カチコチになった脚《あし》を屈伸《くっしん》でほぐす。仕事中は許されない行為《こうい》だが、終業後なら文句は言われない。

北門で働く人間は俺だけではない。犯罪者が街に入るのを取り締《し》まったり、商隊の荷を改めたりする人間が必要だ。彼《かれ》らは騎士団所属ではない。衛兵とか、徴税《ちょうぜい》局の職員とかだ。

俺とは接点皆無《かいむ》。会話も皆無。彼らは歩き、話し、ときには笑っている。どれも俺には許されていない。

いかにも「仕事してます！」な彼らを、最初のうちは羨《うらや》ましく思った。だが、一五年もたつうちに、そんな気持ちはとっくに擦《す》り切れた。俺はいつも通り、彼らに軽く頭を下げて職場を後にする。

彼らから返事はない。俺のことを見もしない。

なにもせずに突っ立っているだけの俺のことなんか、路傍《ろぼう》の石くらいにしか思っていないんだろう。それももう慣れた。いちいち気にしない。

一日の疲《つか》れで重くなった足を引きずり、俺は騎士団本部へ向かった――。

騎士団本部にある団長室。呼ばれたのなんて、入団時以来だ。だから、迷った。盛大《せいだい》に迷った。こういう場合、普通《ふつう》だったら、人に尋《たず》ねるのだろう。だけど、俺にそんなコミュ力はない。普段からまったく口を動かしていないので、人を前にすると「あうあう」としか言えない。まったく言葉が出てこないのだ。

結局――さんざん迷った末に、なんとか壁《かべ》に貼られた案内図を見つけ、ようやくたどり着けた。

団長室に入ると、見知らぬ男が二人いた。

服装から判断するに一人は団長だ。入団時に会った団長とは別人。半年ほど前に新しく就任した団長だろう。その際、騎士団員を集めて就任式が行われたのだが、俺がその通知を受け取ったのは就任式の三日後だった。ゲララの嫌がらせだ。アイツは事あるごとに俺に嫌がらせをしてくる。

そのときも「なんで就任式に参加しなかったのだ」と叱責《しっせき》された上、三ヶ月も減給になった。今でも納得《なっとく》がいかん……。

そして、もう一人は白衣の男だ。騎士ではないことは推測できるが、男がどんな肩書きを持つのか想像もできなかった。

「ロイル。長年ごくろう。きみは今日でクビだ。明日から来なくていい」

誠意の欠片《かけら》もない声でクビを告げられた。

ポカンとしている間に、団長と白衣がつらつらと説明を続ける。俺は口を挟《はさ》むことも許されなかった。

二人の話を要約すると、俺の後任は魔道具《まどうぐ》が務めるそうだ。

白衣は魔道具技師だった。この男が開発した魔道具は、モンスターの気配を察知して自動攻撃《こうげき》するものらしい。この魔道具があれば、俺は不要。これからは魔道具が街を守ってくれるそうだ。

数年前の魔道具革命以来、人々の仕事は魔道具に取って代わられるようになった。魔道具は製作費用こそ高いが、一度設置してしまえば定期的に動力を供給するだけで動き続ける。人間のように文句を言わないし、賃金を払う必要もない。雇《やと》い主《ぬし》としては、魔道具サマサマだ。魔道具によって多くの人が職を失った。将来的には、すべての仕事は魔道具がこなすようになるとも言われているらしい。

新団長は魔道具推進派だ。就任以来、大規模なリストラが行われ、多くの騎士がクビになり、ついに俺のところにまで順番が回ってきた――それだけの話だ。

ただ突っ立ってるだけなんだから、魔道具でなくてもカカシで十分じゃないか。そう思うが、口にはしない。

「はっ……」

反論がムダであることは承知している。それに、なにか言おうとしても、口が回らない。

「役立たずのお前を長年雇ってやったんだ、感謝してもらいたいくらいだ。さっさと出て行け」

二人の厳しい視線が突き刺《さ》さる。

俺は頭を下げ、そそくさと団長室を後にした。未来永劫《みらいえいごう》続くと思われた俺の門番生活はあっけなく幕を閉じた。

◇◆◇◆◇◆◇

いきなり突き付けられたクビ宣告。

俺は絶望に囚《とら》われ、目の前が真っ暗に――なってなかった。

正直、この生活にうんざりしていたのだ。門番を続けていたのは、はっきり言って惰性《だせい》だ。今日こそは、今月こそは、辞めてやる――そう思いながら、ここまでズルズルと続けているうちに、一五年がたってしまった。

だが、俺には夢がある。一五年間、思《おも》い描《えが》いていた夢が。

なにせ、立っているだけの仕事だ。妄想する時間だけは、腐《くさ》るほどあった。その間、自分が主人公となって活躍する妄想に浸《ひた》って過ごした。

妄想するのは楽しかった。妄想している間は、どんな望みも頭に描くことが出来た。そして、妄想が終わると、どうしようもない虚《むな》しさに囚われた。

だけど、それも今日で終わりだ。明日からは、夢に描いた生活が始まる。そう、俺は――冒険者《ぼうけんしゃ》になるのだ！

物語《フイクシヨン》の主人公たちと同じように、冒険者になるんだ。夢が実現することに、心を弾《はず》ませながら帰宅する。下町の一角にある集合住宅の一室だ。途中《とちゆう》で不動産屋に寄って解約手続きを済ませ、部屋に入る。なんてことない狭《せま》い部屋だが、さすがに一五年も住んでいると愛着が湧《わ》くものだ。

感慨《かんがい》に浸りながら、俺は旅支度《たびじたく》をしていく。必要なものはバックパックに詰《つ》め、不要なものは部屋の片隅《かたすみ》にまとめる。

ちなみに、鎧《よろい》・兜《かぶと》・槍の装備三点セットは譲《ゆず》り受けることができた。団長いわく「そのサイズはお前しか使えないからいらん」だそうだ。

言われたときは太っ腹なことだと感謝した。だけど、本部を出て歩いているうちに、装備の代金は給料から天引きされていたことを思い出して、「感謝した気持ちを返せ」と叫《さけ》びたくなった。

黙々《もくもく》と準備を進める。持っていくものはそれほど多くない。準備はあらかた終わり、最後に残った一番大切なもの。

──タブレット。

薄《うす》くて四角い魔道具。数年前に開発されたばかり。高性能なヤツは動画を見たり、色々できるのだが、俺のは本が読めるだけの一番安いヤツだ。それでも門番の安月給からすると大金だ。

都合がいいことに俺は友達がいない。飲みに誘《さそ》う相手も、誘ってくれる相手もいない。交際費はゼロだ。それに、特に趣味《しゅみ》もない。使い道がないので、給料は家賃以外、ほとんど貯金していた。

その貯金をはたいて、俺はタブレットを購入《こうにゅう》した。

子どもの頃から英雄《えいゆう》に憧《あこが》れていた。もちろん、自分が同じようになれるとは思わなかった。小さな農村で、親父の後を継《つ》いで畑を耕して一生を送る――そうなるものだとばかり思っていた。

英雄になれないなら、せめて、彼らの活躍に触《ふ》れたかった。作りものの話でもいい。平《へい》凡《ぼん》な日常に少しの間でも心が熱くなる瞬間《しゅんかん》が欲《ほ》しかった。

だが、紙の本はとんでもない高級品で、とても手を出せない。そんな俺にとって、人づてで耳にする断片《だんぺん》だけが、俺の知りうる英雄譚《えいゆうたん》のすべてだった。

自分には縁《えん》がないと思っていた英雄物語。それがタブレットの発明によって、安価に触れることが可能になった。

簡単な読み書きしか出来なかった俺が、物語《フィクション》を読むために言葉と文法を学び、気に入った物語《フィクション》を読み耽《ふけ》り、仕事中の妄想がより捗《はかど》るようになった。それを可能にしてくれたのは、すべてタブレットだ。

魔道具の流行でクビになった手前、魔道具には思うところがあるが、タブレットには感謝の気持ちしかない。

こいつを忘れるわけにはいかない。飼《か》い猫《ねこ》を抱《だ》くように、優《やさ》しくタブレットを持ち上げる。タブレットに詰まった何百もの物語《フィクション》。灰色の毎日に彩《いろど》りを与《あた》えてくれた、大切な大切な存在だ。壊《こわ》れないようにタオルでくるみ、バックパックにしまい込む。

よしっ、準備は整った。これで朝起きたらすぐに旅立てる。

最後に「部屋に残しているものは、好きに処分して欲しい」と不動産屋への言付けを書く。

これでオーケーだ。明日の朝は早く出発しよう。

毎晩の楽しみである読書はナシにして、早めに寝床《ねどこ》についた。

——翌朝。

朝日が昇《のぼ》る前に起床《きしょう》した。長年の習慣だ。

愛用のフルプレートアーマーを身につけ、バックパックを背負う。

兜はバックパックに仕舞《しま》ってある。重いし、暑苦しいし、視界は狭い。旅には不要な一品だ。

そして、最後に立てかけてある槍を掴《つか》む。最初は持って行こうかどうか迷った。なにせ、俺は槍の才能が皆無だ。

「ガキンチョに棒きれ持たせた方がマシ」と酷評《こくひょう》された腕前《うでまえ》だ。騎士団採用品でそれなりに良い槍らしいが、俺にとっては長くて重くて持ち運びに面倒《めんどう》な棒に過ぎない。要するにジャマなのだ。

だけど、ハッタリにはなるだろう。それに一五年間苦楽をともにした相棒だ。コイツにも外の世界を見せてやりたい。そう思って、結局、持っていくことにした。

「さて、行くか」

扉《とびら》を開いて外に出る。俺の冒険《ものがたり》の始まりだッ！

第1章　旅立ちと出会い

目指すは『冒険者の街メルキ』だ。

メルキの街周辺にはダンジョンやモンスターのたまり場がいくつもあり、それを目当てに冒険者が集まる。冒険者生活を始めるなら、メルキの街しかない。

サラクンの街を出た俺は、街道《かいどう》を西に歩いて行く。

メルキの街まで徒歩で一週間。

馬で行くという選択肢《せんたくし》はない。俺は馬に乗れない。騎士なのに馬に乗れないのだ。武器同様、乗馬に関しても何度か挑戦《ちょうせん》したが、てんでダメだった。九〇キロの俺が重すぎるというのもあるが、どんな馬で試《ため》しても上手《うま》くいかなかった。

馬車で行くという選択肢もあるが、それもナシだ。門番時代、馬車に乗って門をくぐる旅人たちを見てきた。みな疲れきって、痛そうに尻《しり》を撫《な》でている。なかには揺れに耐《た》え切れず、嘔吐《おうと》してしまう者も。そんな惨状《さんじょう》を見続けてきた俺としては、馬車旅をする気は少しも起こらなかった。

だから、徒歩の旅だ。急ぐ旅ではないし、ゆっくりと外の景色を自分の目で楽しんで行くことにした。

歩き続けて一週間。特に問題は起こらなかった。モンスターも現れなかったし、盗賊《とうぞく》に襲われることもなかった。

俺の好きな冒険譚《ファンタジー》では必ずと言っていいほど、旅に出た主人公はなんらかのトラブルに巻き込まれる。それを颯爽《さっそう》と解決し、可愛いヒロインと仲良くなるのだが——現実《リアル》はそんなに甘《あま》くはなかった。

唯一《ゆいいつ》のイベントといえば、大荷物を抱《かか》えて腰《こし》を痛めていたおばあちゃんに手を差し伸《の》べたくらいだ。女性の年齢《ねんれい》にこだわりはないが、さすがに自分の母親よりも年上ではヒロインになりようがない。

街道沿いには宿場町が点々とあり、野宿する必要もなかったので、思っていた以上に快適だった。あまりにも快適すぎて、「なにか起こらないかな」と不謹慎《ふきんしん》な考えが浮《う》かんだくらいだ。

そんなわけで、期待していたようなイベントは起こらなかったが、それでも俺は十分に満足していた。

とにかく、自由に歩けるというのが素晴《すば》らしい。

一五年間同じ場所に立ちっぱなしだった俺にとって、流れ行く風景というのはなにより も新鮮《しんせん》で、目に映る全てが心を震《ふる》わせた。旅に不要な兜は外してあるので、髪をなびかせる風が心地《ここち》よい。

自由だ。

自由を感じた。

声を出しても怒《おこ》られない。

横を向いても怒られない。

前に歩いても怒られない。

――こんな素敵《すてき》なことがあるだろうか！

俺は全身で自由を感じ、言葉にできない幸せを噛《か》みしめる。

思わず「俺は自由だあああ」と叫びたくなった。叫んでみた。喉《のど》が痛くなった。

なにせ、この一五年間ほとんど喋る事がなかった。ましてや、大声を張り上げたことなど一度もない。俺の声帯はここまで衰《おとろ》えたのかと、ショックを受けた。

一五年間ずっと自分と対話し続けてきたので、頭の中で語るのは得意だ。いくらでも、すらすらと言葉が浮かんでくる。妄想させたら止まらない。

だけど、人と話すのは全然ダメだ。口と喉がまともに動かない。

道中、宿を借りるのにも一苦労だった。人とちゃんと会話できない。

この大きすぎるハンディキャップを抱えて、これから大丈夫《だいじょうぶ》だろうかと一抹《いちまつ》の不安を感じる……。

ともあれ、一週間の旅路も今日で終わりだ。長かったような、短かったような。

宿屋のオヤジが言うには、昼過ぎには目的地であるメルキの街に到着《とうちゃく》できるとのこと。

まだ見ぬ新しい街への期待を胸に、俺は街道を進んで行く——。

歩いているうちに、前方に人影《ひとかげ》を見つけた。俺が歩くに連れて、徐々《じょじょ》に距離《きょり》が縮まっていく。俺の歩みが速いわけではない。向こうの歩みが遅《おそ》いのだ。不自然なほど、ゆっくりとした歩みだった。

やがて距離も近づき、その姿が明らかになる。杖《つえ》を片手に、足を引きずるようにして歩いている。

小柄《こがら》な体格だ。女性か子どもだろう。服はボロボロで二《に》の腕《うで》も太ももも剥《む》き出しだ。モンスターか盗賊にでも襲われたのだろうか？

イベントの予感に、いやが上にも胸が高鳴る。さて、どうしたものか？

このまま前の旅人と一定の距離を保ったままついて行くというのも……不審《ふしん》過ぎるな。

少し離《はな》れた場所から、後ろをずっとつけて来るフルプレートのデカいおっさん。

――うん。俺だったら、間違いなく逃《に》げる。

それに旅人のペースに合わせてると、今日中にメルキの街にたどり着けなそうだ。かと言って、この状況《じょうきょう》を無視して通り過ぎるのもなんだしなあ……。

ぐるぐると考えが頭を巡《めぐ》るが、すぐに答えを思いついた。単純で、格好良く、正しい、答えだ。

――主人公だったら、困っている人は見逃《みのが》せないっ!!

よし、声をかけてみるか。俺は歩く速度を少し上げた。困った旅人との遭遇《そうぐう》。物語《フイクション》の定番――いわゆる、テンプレってやつだ。

さり気なく声をかけ、さらっと助ける。俺はいくつものシーンを思い出しながら、頭の中に主人公のセリフを思い浮かべる。

——大丈夫。脳内シミュレーションは完璧《かんぺき》だ。セリフもばっちり思いついた。

だが、声をかけようとは決めたものの、いざ実際に近づくと、急に緊張《きんちょう》してきた。

知らない人と会話するとか、いつぶりだ？　ちゃんと喋れるのか？

ドキドキと鼓動《こどう》が速くなっていく。俺の覚悟《かくご》が決まらないうちに、前方の旅人が振り向いた。

若い女の子だ。俺より一回りも下の少女だ。薄汚《うすよご》れた格好だが、サラサラと風になびく赤い髪が美しい。門番をやってて、数多くの人々を見てきたが、その中でもトップクラスの美少女だ。

ただでさえ人見知りなのに、相手は美少女だ。動悸《どうき》が激しくなり、口の中はカラカラに渇《かわ》いていく。

無意識にバックパックの中の兜に手が伸びる。今すぐ、顔を隠《かく》したい。だけど、ここで兜を被《かぶ》れば「自分は変質者ですよ。これから悪いことしますよ」と主張しているようなものだ。もちろん、俺にそんな気はないので、鞄から手を離す。

少女と視線が合い、なにか言わないと、と口を動かした。

「だっ、……だいじょ、ぶ？」

脳内シミュレーションとか、まったく意味がなかった。頭が真っ白になる。

俺が声をかけると、少女は警戒《けいかい》した素振《そぶ》りを見せる。テンパった俺は、必死で言葉を続ける。

「あっ、あや、怪《あや》し、い……もっ、者ではっ、けっ、怪我《けが》……心配……っ」

うわー、全然口が回らない。俺の中では「怪しい者ではない。怪我が心配で声をかけさせてもらった」って話しかけたつもりだったのだが……。

渋《しぶ》みの中にちょっぴりの優しさを含《ふく》ませた、ナイスガイを演出する予定だったのだが……。

——どうやら、俺が主人公になるのは、だいぶ先の話のようだ。

バッチリと格好良くキメるはずだったんだが……これじゃあ、完全に不審者《ふしんしゃ》だっ……。

頭の中ではスラスラと考えられるのに、実際に口に出して喋ろうとするとこんなにボロボロになるのか……。相手が美少女ってので余計に緊張してしまったのも原因だ。それにしても我ながら酷《ひど》すぎる。

少女は余計に怯《おび》えてしまった。両腕《りょううで》を交差させて自身を抱きしめ、その目は警戒に揺れている。

ただでさえ、俺の身体はバカデカい。他の騎士たちからは「ジャマだから、どけっ」、「目障《めざわ》りだから隅《すみ》っこで丸まってろ」と散々な扱《あつか》いを受けてきた。それに一般人《いっぱんじん》にはこの体格は威圧《いあつ》感を与えるらしい。旅人から怯えた視線を向けられたことも数えきれない。きっと、少女が怯えている理由のひとつは、俺のガタイだろう。

——やっ、やばい、なんとかしないと……。

俺は槍を地面に置き、両手を挙げて害意がないことをアピール。

ゆっくりと歩いて女の子に近づいていく。

一〇メートル。

九メートル。

八メートル。

七メートル。

六メートル。

……………。

俺が近づくにつれ、少女は腕に力を込め、一歩ずつ後ずさる。そして、少女まで後五メートルのところで——俺は盛大にコケた。両腕を挙げていたせいで、顔面からモロに。プレートアーマーが立てるガシャーンという音と、俺の顔が地面にぶつかったゴンという鈍《にぶ》い音。その音が収まると辺りは静まり返った。

——し～～ん。

時間が止まったかのような静寂《せいじゃく》が流れる。風で揺れる枝葉の音がうるさく聞こえるほどだ。そして、擦りむいた顔が痛い。

やらかした！　穴があったら入りたい！

自分の恥《は》ずかしさに身悶《みもだ》えしていると、少女が沈黙《ちんもく》を破った。

「ぷっ。あはははは」

起き上がろうともがく俺の上に少女の笑い声が降り注ぐ。バカにしている笑いではない。むしろ、心が和《なご》む笑い方だった。

「警戒して損しちゃった。ほら、立てる？」

少女が俺に向けて細い腕を伸ばしてきた。

「す、すまん……あっ、あり、がとう」

フルプレートアーマーを着用したまま一人で起きるのはけっこう大変なので、本当に助かる。俺は女の子の手を握《にぎ》り、立ち上がる。女の子は細い腕のわりに力があるようだが――。

「クッ」

少女が顔をしかめる。やはり、足を怪我しているようだ。

「怪我……してる、のか？」

「ええ、ちょっと足をくじいちゃってね」

少女はなんでもないといった様子で気丈《きじょう》に振る舞《ま》う。自分が怪我しているのに、俺を助け起こしてくれたのか……少女の優しさに胸を打たれた。

それとともに、今まで「出会いだ、イベントだ、ヒロインだ」と浮かれていた自分が急に恥ずかしくなる。

相手は現実《リアル》に存在するひとりの人間。物語《フイクション》に登場するキャラクターではない。

少女は怪我をしているのにもかかわらず、俺を助け起こしてくれた。見ず知らずで挙動不審なフルプレートアーマーのおっさんを。下心ではない、混じり気のない善意で。ひと回りも年下なのに立派な人だ。

それに比べて、なんと俺《おれ》の情けないことか……。地面に打ち付けてヒリヒリと痛む顔が恥ずかしさで赤くなった。

それと同時に、少女の怪我が気になる。剥き出しの素足《すあし》。くるぶしの辺りが腫《は》れて痛々しい。

なんとかしてやりたいが——そのとき、頭の中に過去の妄想が浮かぶ。

□□□□□□□□□□□□□□□□□□□

——俺が駈けつけると、一人の少女と悪魔《あくま》が戦っていた。

悪魔はほとんど無傷。一方、少女は今にも倒《たお》れそうだ。

「ロッテ！　大丈夫かッ！」

「ロイルッ！」

ロッテリア・グリューン・ワグナー。エルフのお姫様《ひめさま》だ。

気高い彼女《かのじょ》は閉鎖的《へいさてき》なエルフの国を離れ冒険者になり、とある縁で俺と旅することになった。

だが、今、スラリと伸びた手足は血に染まり、細絹のような金髪《きんぱつ》は乱れ、顔には玉のような汗《あせ》がいくつも浮かんでいる。

俺の声にロッテは振り向き、弱々しい笑顔を作る。傷つき疲弊《ひへい》しきった彼女は、俺を見て安心し、その場にくずおれた。

俺は慌《あわ》てて駆け寄り、彼女を支える。

「すまん。遅くなった」

「ううん。ロイルが来てくれるって信じてたから」

「後は俺に任せろ」

「うん」

意識を手放した彼女をそっと下ろし、俺は立ち上がる。

「よう。クソ悪魔。俺の女になにしてくれてんだよ」

「ギャアアアアア」

「言葉も分からねえ下等生物が――調子に乗ってんじゃねえぞ」

四本の腕と翼《つばさ》を持つ黒い身体の悪魔――アークデーモン。

Ｓランク悪魔らしいが、そんなの関係ねえ。

俺の大事なロッテを傷つけたんだ――ブッ殺す。

アークデーモンを睨《にら》みつけたまま、俺は腰の剣を抜《ぬ》く。

聖剣《せいけん》カリブルヌス――聖騎士である俺にしか使えない剣。これで幾多《いくた》の悪魔を葬《ほうむ》ってきた。

「死ねええぇっ！」

俺はアークデーモンに駆《か》け寄り、カリブルヌスを斬《き》り下ろす。

「ウギャアアアア」

アークデーモンは呆気《あっけ》なく真っ二つになり、灰となって姿を消す。悪魔は死体も残さないのだ。

「ロッテ。今、治すからな」

聖剣を仕舞った俺は、血に染まった彼女のもとに屈《かが》む。

聖騎士である俺の特技はこの聖剣を扱うこと。そして、もうひとつ、死にかけた状態からでも完全に回復させる治癒魔術《ちゆまじゅつ》だ。

本来なら、九六節にも及《およ》ぶ長い詠唱《えいしょう》が必要なのだが、目の前でロッテが苦しんでいる今、悠長《ゆうちょう》に詠唱している時間はない。無詠唱は高度な技術らしいが、俺にとっては造作もない。

俺はロッテに向かって手を伸ばし、魔術を発動させる――。

□□□□□□□□□□□□□□□□□□□□

『――【大いなる生命の息吹《グランディス・ヴィータ・スピィリートゥム》】』

気がついたら俺は手を少女の患部《かんぶ》に伸ばし、呪文《じゅもん》を唱えていた。妄想《もうそう》の中で聖騎士となった俺が使える治癒魔術だ。

俺の手から発せられた不思議な力が患部を包み込み、傷を癒《いや》していく。

あっという間に少女の怪我が完治した。

「えっ、ウソッ！」と少女は今の出来事が信じられないとばかりに、大きく目を見開いた。

そして、怪我が治った足と俺の顔を交互《こうご》に見つめる。

だが、少女以上に俺の方が驚《おどろ》いていた。

なに？　今の魔術？　俺が使ったの？

俺の妄想だったはずの魔術が、実際に発動したのか？

「大丈夫？」

混乱して固まっていた俺に、少女が不安げに声をかける。

「えっ、あっ、うっ……」

「ありがとっ！　あなたが治してくれたんでしょ？」

「うっ、うん」

確信はないが、状況的《じょうきょうてき》に俺が魔術で彼女の怪我を癒《い》やしたとしか思えない。

「助かったよ。私はディズ。この恩は絶対に返すねっ！」

「うっ……う、ん」

「今は持ち合わせがないけど」

ディズの顔がぱあっと花咲《はなさ》いたようにほころぶ。

その屈託《くったく》のない笑顔に、手のひらがしっとりと汗でにじむ。

こんな場面にもってこいな気の利《き》いたセリフはたくさんストックしているはずなのに、晴《は》れ渡《わた》る青空のようになにも浮かばない。

「それよりっ、顔の怪我大丈夫《だいじょうぶ》？」

コケた際に顔を擦りむいていたと、ディズに言われて思い出す。

「これっ……どっ……しんぱ……むよ……」

頭の中では「これくらい、どうってことない。心配は無用だ」と伝えたつもりだ。

だが、言葉になっていない。最初よりも悪化している。

誤魔化《ごまか》すように額に手を伸ばし『──【大いなる生命の息吹《グランディス・ヴィータ・スピィリートゥム》】』と呟《つぶや》くと、さっきと同じように傷が消えていく。まじか………。

なにがどうなったのか、分からない。ただ、俺が妄想していた魔術を実際に使えるようになったみたいだ。

それを見て、「やっぱり……」とディズが呟いた気がした。その言葉が気になったが、それどころではなかった。俺は考えを巡らし──そういえば、思い当たる節がある。

俺はよく頭をぶつける。無駄《むだ》にデカいからだ。

俺はよく転ぶ。デカすぎて、足元がよく見えないからだ。

街にある建物も、道路も、俺のようなデカいのを想定して造られていない。なので、小さな傷が絶えない。

だが、思い出せばある日を境に怪我をしてもすぐに治るようになった。

もしかして、俺は無意識のうちに今の治癒魔術を発動していたのかもしれない。

過去に思いを馳《は》せていると、柔《やわ》らかい声が耳に届く。

「ねえ、名前は？」

「ロッ、ロイル」

尋ねられ名乗り返したが、やはり口が回らず、ぶっきらぼうになってしまった……。自己嫌悪《けんお》するが、ディズは気にしていないようで、コロコロと笑っている。

「すごい魔術だねっ！　そんな格好だけど、実は凄腕《すごうで》の魔術師《まじゅつし》だったり？」

「えっ、あっ、いやっ」

ディズは身を乗り出してグイグイと迫《せま》ってくる。俺とは違《ちが》って凄《すご》いコミュ力の持ち主だ。

一方、コミュ障の俺は曖昧《あいまい》な返事しかできない。

「グランディス・ヴィータ・スピィリートゥムだっけ？　初めて見たよ。今の魔術」

そりゃ、そうだ。【大いなる生命の息吹《グランディス・ヴィータ・スピィリートゥム》】は俺が妄想の中で生み出したオリジナル魔術だ。ディズが知っていたら、むしろ、驚きだ。

ちゃんと勉強したことがないので、元からある魔術なのかもしれないが、少なくとも俺は誰《だれ》からも書籍《しょせき》からも学ぶことなくこの魔術を独自に開発した。だから、誰がなんと言おうと俺のオリジナル魔術だ。カッコいいよね、オリジナル魔術。魔術を使える主人公の場合、大抵《たいてい》は独自に魔術を作っちゃうもんね。

なので、このネーミングも俺によるもの。タブレットの古代語辞書を片手に二晩唸《うな》り続けて思いついたものだ。なんで、技や魔術の名前を考えているときって、時間がたつのが早いんだろうか。

当たり前のことだが、俺は古代語なんてさっぱり分からない。辞書に載《の》っているカッコよさそうで、音の響《ひび》きがよく、魂《たましい》を熱くする単語を並べただけだ。発音が間違《まちが》っているとか、文法的におかしいとか、意味不明とか、そういうツッコミはご勘弁《かんべん》。フィーリングで、パッションで、パトスで受け止めてくれっ！

――カッコイイも正義なのだっ！

「しかも、無詠唱なんだねっ！」

この魔術、実は、九六節もの長い詠唱が必要――という設定だ。

長い長い詠唱、カッコイイよね。

だが、無詠唱もそれと同じくらいカッコイイ。

物語《フィクション》では無詠唱で魔術を使えるだけで、規格外扱いだもんね。

詠唱しなくても、頭でイメージするだけで使えて、しかも、威力《いりょく》は桁違《けたちが》い（※ただし、主人公に限る）。

そりゃあ、可愛《かわい》い女の子たちが惚《ほ》れるのも当然だ。「これくらい誰でもできるよね？」と言いたくなる気持ちはよく分かる。

俺が思考を巡らせていると「ねえ、ロイル」とディズが話しかけてくる。

「この道を行くってことは、ロイルもメルキの街に行くの？」

「あっ…………あ、あ」

「良かった。じゃあ、一緒《いっしょ》に行こっ」

「うっ……う、ん」

ディズはグイグイ来る。良かった。怖《こわ》がられたり、気持ち悪く思われたりはしていないようだ。

大抵の相手は俺のガタイにビビるか、口下手な俺との会話をすぐに諦《あきら》めるか。

しかし——ディズはそのどちらでもない。その事実だけで、胸が躍《おど》り出す。

俺の第一印象は最悪だったろうが、治癒魔術のおかげで、なんとかフラグは折らずに済んだようだ——。

「よろしく！」

「警戒…………しない……の？」

「警戒？　あはははは」

ディズがけらけらと笑う。なにかおかしかったかな、と顔が赤くなる。やっぱり、人の気持ちは難しい。全然、理解できない。

「そりゃあ、最初は警戒したよ。その格好だもん」

「か、っこう？　……変？」

「別に、変じゃないよ。でも、その体格でプレートアーマーでしょ？　襲《おそ》われたら、どうしようって思っちゃうよ」

「襲、う？　……しな、いよ……そん、なこ、と」

「うん、すぐに分かったよ。ロイルが悪い人じゃないって。私、こう見えても、人を見る目はあるんだ」

「そ……っか」

「ねえ、ロイルはどこから来たの？」

「サラ、クン……」

「あっ、知ってる。一回だけだけど、行ったことあるよ」

「そ、う……なんだ」

「サラクンは長いの？」

「う、ん…………ずっと」

「私はね、ホーリからだよ。聖都ホーリ。知ってる？」

「知……ってる」

「私もね、ずっとそこにいたの」

聖都ホーリ――聖教会の総本山がある街。

俺でも知っているくらいの有名な場所だ。

薄汚れビリビリに破けていてすぐに気がつかなかったが、よく見ればディズが身に着けているのは聖教会の修道女が着る服のようだ。巡礼《じゅんれい》の途中《とちゅう》なのか、布教活動の一環《いっかん》なのか、北門を通る修道女を何度か見かけたことがある。彼女たちが着ていたのによく似ている。

「それ……どう、した？　襲……われた？」

「えっ、そういう風に見える？」

「うっ……う、ん」

「もしかして、心配してくれた？」

「う、ん」

「ロイルって優しいんだね。でも、これは違うんだ」

「ちが、う？」

「私ね、聖女をクビになったの」

「クビ………？」

ディズは俺から視線をそらし、遠くに目をやる。

「ホーリで何年もツラい修行《しゅぎょう》を続けて来たんだ。それでも、神聖魔術を覚えられなかった。人を癒やすことができない落ちこぼれ聖女なんだ。だから、追い出されちゃった。あはは」

まるで他人事のように、あっけらかんとディズは語る。重い内容だったが、ディズの人《ひと》柄《がら》のせいか、そこまでの深刻さは感じない。俺はディズに自分の境遇《きょうぐう》を重ねざるを得ない。

「それで、腹が立ったから、この服をビリビリに引き裂《さ》いて、そのまま後先考えずに飛び出しちゃったんだけど、走ってたら転んじゃって、怪我しちゃった。あはは」

「…………」

「他の生き方なんて知らないし、だったら冒険者《ぼうけんしゃ》にでもなるかって、メルキを目指してるとこ。コレには自信があるからね」

ディズは拳《こぶし》を叩《たた》いてみせる。腕《うで》っ節《ぷし》に自信があるということだろうか？

細身の彼女からは想像も出来ないが、そう言ったら見かけだけの図体《ずうたい》の俺はなんなんだということになる。

「そういえば、さっきのアレ、なに？　回復魔術じゃないよね？」

「えっ、いや……」と俺が言い淀《よど》むと、「まっ、いっか」とディズは白い歯を見せた。

ヤバい。その笑顔《えがお》だけで、惚れてしまいそうになる。女性に免疫《めんえき》のない俺は、それだけでコロッといってしまう。

これが俺の妄想の中だったら、間違いなく彼女は俺に惚れているという設定だ。しかし、これは現実《リアル》――。俺は物語《フイクシヨン》と現実《リアル》をきちんとわけられる男だ。


非モテはすぐに勘違《かんちが》いする。

普通《ふつう》に話してくれるだけで。

笑顔を見せてくれるだけで。

それだけで――勘違いする。


挙句、立ち直れないほどのダメージを負うのだ。

微笑《ほほえ》んでくれる女の子が惚れているのは主人公だけ。普段《ふだん》からモブ生活を送っている俺たちに向けられる笑顔は社交辞令に過ぎない。俺はそのことをよく理解している。だから、俺は勘違いしない。


ほんの少し話しただけだが、ディズのコミュ力はハンパない。なにせ、俺を相手に会話が成立しているのだ。あまりにも自然すぎて気づくのが遅《おく》れたけど、初対面の相手にここまで長く会話をしたのは生まれて初めてだ。

俺は片言で精一杯《せいいっぱい》。それなのに、ディズが導いてくれるおかげで、会話が途切《とぎ》れない。

気まずく重々しい沈黙も流れない。

ディズが俺に笑顔を向けてくれるのは、俺に惚れているからじゃない。彼女の優《やさ》しさはすべての人に向けられているのだ。彼女の笑顔は俺専用ではない。万人《ばんにん》に向けられるものだ。俺が特別なのではない。

もう一度、俺は自分を戒《いまし》める。俺は物語《フィクション》の主人公ではない。門番をリストラされた、ただのコミュ障なデカいオッサンだ。

「どうしたの？　行こっ？」

「あっ…………あ、あ」

思考に囚《とら》われ、足が止まっていた俺に、ディズが声をかける。分かっていても、その笑顔は反則だ。気をつけないと、やられそうになる。

その後もディズと話しながら歩き、宿屋のオヤジが言っていたと思われる大きな森が見えてきた。

「あっ、森が見えてきたわね」

「うっ……う、ん」

この森を越《こ》えれば、メルキはすぐそこ。「森は一時間もあれば抜けられる」と宿のオヤジが言っていた。一週間に及んだ旅も、いよいよ終盤《しゅうばん》だ。

ディズと出会ってからは、時間がたつのが早かった。

彼女は話上手で、口下手な俺《おれ》相手でも、次々と話題を提供してくれる。おかげで、会話が途切れることがない。久しぶりにいっぱい喋《しゃべ》ったせいで喉が痛いが、それを忘れるくらい楽しい時間だった。

そして、気がついた頃《ころ》には、森に入って三〇分以上が過ぎていた。

「ロイルのランクは？」

「ランク？」

馴染《なじ》みのない単語が出てきて、思わず聞き返す。

「冒険者ランクだよ。結構長いでしょ？」

「い、いや…………」

ディズはなにか勘違いをしているみたいだ。この格好のせいだろう。さすがは騎士団《きしだん》で採用しているだけあって、駈け出しの冒険者では買えない装備だからな。

「ん？」

「俺も、……これ、か、ら……冒険者、に……なる」

「えッ!?　ホント!?　今までなにしてたの？」

「門番、やって……た…………サラクンで」

「門番かあ。確かにお似合いだね。ロイルみたいな強そうな門番だったら、悪い事する人は減るよね」

「いや……俺、……見かけ……倒《だお》し。…………戦う、の……弱い」

「またまた、謙遜《けんそん》しちゃって」

「役立、たず……だから…………門番、やって、た」

謙遜なんかじゃない。俺はただの門番だ。

いや、武器が使えない普通以下の門番だ。

なにもできず突《つ》っ立ってただけの門番だ。

「まあ、人それぞれ事情があるしね。でも、どうして冒険者に？　門番だったら安定しているし、お給金もそれなりなんじゃない？」

「クビ……なった」

ディズは大きく目を見開くと、顔をほころばせる。

「なんだ、私と一緒だね。だったら、一緒に冒険者をやろうよっ！」

「一緒…………に？」

「ええ、一緒にパーティーを組んで、一緒にダンジョンに潜《もぐ》って、一緒にモンスターを倒して、一緒にお宝を探すの。どうかしら？」

「…………」

すぐには返事が出来なかった。

嫌《いや》だったからではない。誘《さそ》ってくれたのは嬉《うれ》しかった。ただ、戸《と》惑《まど》いが大きかったからだ。

俺は一人で冒険者生活を送るつもりだった。ご存知《ぞんじ》の通り、俺のコミュニケーション能力は壊滅的《かいめつてき》だ。宿を取るので精一杯。とても、誰かと一緒に行動できるとは思えなかった。

ディズは凄い。途切れ途切れの俺の片言で、しっかりと俺の考えを汲《く》みとってくれる。ディズと話すのは楽しかった。喉の痛みも忘れるくらい、楽しかった。ディズなら、誰と組んでも上手《うま》くやれるだろう。

そんな彼女がわざわざ俺を誘ってくれたのだ。ここで断るようでは、俺は一生ひとりぼっちだろう。

「うん……ディズが、良かった、ら……よろ、しく」

「じゃあ、これからヨロシクね！」

ディズが右手を差し出してきたので、俺も右手を伸《の》ばす。

柔らかい手だった。だけど、細腕《ほそうで》の少女とは思えない強い力だ。腕っぷしに自信がある
というのは本当のようだ。

「よしっ。これで私とロイルは同じパーティーね。名前はどうしよっか？」

「……名前？」

「パーティー名よっ」

——うわあああああああああ。

かなり遠くからの声だ。

考え込《かんがこ》んでいると、前方から悲鳴のような声がかすかに聞こえてきた。

「モンスターッ？」

「………ッ」

俺とディズは顔を見合わせ、前を向く。

前方の道は湾曲《わんきょく》しており、五〇メートルほど先までしか見通せない。

こんな場合は——。

□□□□□□□□□□□□□□□□□□□□

「クッ、逃げられたか……」

夜更《よふ》け。深い森は暗闇《くらやみ》と霧《きり》に覆《おお》われ、一歩先も見通せない。

悔《くや》しそうに唇《くちびる》を噛《か》むのは鳳凰騎士団《ほうおうきしだん》の団長ライラック・フィオレンティーナ。

美しい顔が怒《いか》りと屈辱《くつじょく》に赤く染まっている。

若干《じゃっかん》一八歳《さい》で騎士団を率いる凄腕の騎士《きし》だが、俺から見ればただの小娘《こむすめ》に過ぎない。

賊《ぞく》にさらわれたヴェストレム姫《ひめ》を追いかけて、俺と二人この森に入ったのだが、相手を見失い逃げられてしまった。

彼女は姫の護衛騎士。そして、俺は国王から密命を受けたアサシンだ。

「落ち着きなよ、お嬢《じょう》さん」

「この状況《じょうきょう》で落ち着いていられるかッ！」

いくら剣《けん》の腕《うで》が立つとしても、これくらいで冷静さを失うようじゃ、まだまだだな。

「慌ててなにか良いことがあるかい？」

「なら、貴様にはなにができるのだッ！」

正道を歩む彼女は、裏に潜《ひそ》んで生きる俺を認めていない。

だが、裏には裏の生き方がある。

「相手はアサシンギルドのボス、サージェント。隠密《おんみつ》行動は得意だ」

巧《たく》みに痕跡《こんせき》を消し、気配を漏《も》らさない。

並の者ではたどり着けないが——俺は並ではない。

「だが、魔力隠蔽《まりょくいんぺい》はまだまだだな」

「なんだとッ！」

奴《やつ》がアサシンギルドのボスであることは、詳《くわ》しい者なら知っている。

だが、その先を知る者はほとんどいない。

陰《かげ》からアサシンギルドを操《あやつ》る裏の支配者がいることを。

「部下の不始末は俺がつける」

「なっ！　もしや、貴様がッ！」

「へえ、知ってるんだ」

さすがは騎士団長。アサシンギルドに陰の支配者がいることくらいは知っていたか。しかし、それが誰かまでは知らなかったようだ。

そう、その陰の支配者の名は——ロイル。俺のことだ。

俺が離《はな》れているうちに、サージェントは調子に乗りすぎた。

ヤツの落とし前は、俺がキッチリとつける。

「この程度の隠形《おんぎょう》で俺から逃《に》げられる気でいるとは――舐《な》められたもんだ」

俺は奴の気配を探すために、魔力《まりょく》を周囲に広げ――。

□□□□□□□□□□□□□□□□□□□□

『――【世界を覆う見えざる手《ムンドウス・コウヴェ・インヴィジ・マヌス》】』


あっ。やっぱり上手くいった。

この魔術は魔力を身体の外に広げていき、周囲にいる人間やモンスターを把握《はあく》する。

物語《フィクション》によく出てくる【探知魔術】と効果はほぼ一緒だ。

有効範囲《はんい》は一〇〇メートル。だが、その範囲内には異変は感じられない。

そこで俺は、有効範囲を広げていく――五〇〇メートルまで広げたところで、反応があった。

――あれは……。

ハイオーク――『モンスター図鑑《ずかん》』で見たことがあるモンスターだ。

理由は分からないが、なぜか直感的に分かった。

そして、ハイオーク以外にも――。

「五〇〇メートル先ッ！　ハイオークが三体ッ！　人間が襲われてるッ！」

情報を正確に伝えるため、ハッキリと大きな声を出した。慣れないせいで、怒鳴《どな》ったみたいになってしまった。喉《のど》が焼けるように痛い。

だが、ディズにはちゃんと伝わったようだ。

「うん。分かったッ！」

一言残し、ディズは一目散に駆け出した――疾《はや》いッ！

一〇〇メートルを一〇秒もかからずに駆け抜けそうな速さだった。これなら一分もかからないだろう。

誰かもわからぬ相手を助けるために、危険も顧《かえり》みずに飛び出したディズ。彼女の人柄がちょっと分かった気がする。

いや、感心している場合ではない、俺も自分の役割を果たそう。

今の俺なら、攻撃《こうげき》魔術を使えるはずだ。そう信じて、妄想の世界へ潜り込む――。

□□□□□□□□□□□□□□□□□□□□□□

一二人が円卓《えんたく》を囲む大部屋。

王城の東塔上階に位置する豪奢《ごうしゃ》な部屋に、倒れ込むようにして、一人の兵士が駆け込んできた。

「たっ、大変ですっ！」

息も絶え絶えな兵士が切迫《せっぱく》した様子で告げる。

が。

部屋の面々はまったく動じない。

「まあ、落ち着きなさい」と骨と皮だけの老人が口を開く。

「慌てる事はありません。丁度いいタイミングですよ」と黒いローブの女が艶《あで》やかな声で言う。

「それで、何が起こったんだい？」と口を開いたのはお菓子《かし》を頬張《ほおば》る少女。ゆったりとマイペースだ。

侍女《じじょ》から渡された冷えた水を飲み干し、兵士はようやく喋れるようになった。

「どっ、ドラゴンですッ！　東から巨大《きょだい》な赤いドラゴンがこちらに向かって来ますッ！」

その言葉に、その場にいた全員の視線が一人の男に集まる。

「ああ……俺が行く流れだよね？」

男はここに集まる宮廷魔術師《きゅうていまじゅつし》を束ねる筆頭魔術師――その名はロイル。

国の存亡の危機だというのに、ロイルは平常運転。

ランチを食べに行くくらいの気軽さで立ち上がる。

「ひっとー、がんばってー」

「ロイル殿《どの》が行くなら、我々の出番はないな」

「きゃー、ロイル様素敵《すてき》です～」

「格好《かっこ》いいとこ見せてね、後でご褒美《ほうび》あげるから」

「師匠《ししょう》、頑張《がんば》ってください！」

思い思いに喋る部下たちの無責任な言葉を聞き流し、ロイルは東側の窓に向かう。

彼《かれ》がパチンと指を弾くと、魔力封印《まりょくふういん》のかかった窓が開く。

「いつみても、鮮《あざ》やかな魔術ね」

「男の俺でも、惚れそうになるぜ」

「だめですー。ロイル様は私のものです～」

頭をかき、ロイルは面倒《めんどう》くさそうに窓から外に一歩踏《ふ》み出す。

そのまま地に落ちることもなく、彼は宙に浮《う》かぶ。

普通の魔術師であれば浮遊《ふゆう》魔術を使わねば宙には浮かべない。

だが、ロイルは筆頭宮廷魔術師。身体に魔力をまとわせるだけで十分だ。

「ほう。エンシェントドラゴンか」

街をひとつ飲み込みそうな巨体《きょたい》がこちらに猛《もう》スピードで接近する。

「おまえに恨《うら》みはないけど、人の敵は滅《ほろ》ぼすしかないんだ」

ロイルはドラゴンに憐憫《れんびん》の情を向ける。

「暴れられて街に被害《ひがい》を出されても困るしなあ」

ボリボリと頬《ほお》をかきながら、ロイルは続ける——。

「両眼から脳を貫《つらぬ》くとしよう」

その瞬間《しゅんかん》、彼がまとう空気は引き締《し》まる。

彼が右手を前に出し、口を開く——。

□□□□□□□□□□□□□□□□□□□□□□

『——【すべてを穿つ《オムニス・カウウス》】』

俺《おれ》が魔力を放出すると、目に見えない魔力の弾《たま》が飛んで行く。その数、三つ――ハイオークに向かって、音より速く飛んで行く魔弾《まだん》。またたく間にディズを追い越し、ハイオークたちに着弾《ちゃくだん》し――。

――ドゴオオオオオオン。

物凄《ものすご》い音と大地を揺《ゆ》るがす振動《しんどう》がここまで伝わってくる。

――ああ、やっちゃった。やっぱり、過剰攻撃《オーバーキル》だったか。

妄想だとドラゴンを倒《たお》す威力だもんな。それに、妄想通り抜群《ばつぐん》のコントロールだ。

【世界を覆う見えざる手《ムンドウス・コウヴェ・インヴイジ・マヌス》】から三つの反応が消えた。

そして、襲われていた人間の気配は消えていない。

死者が出なくて良かった。

【大いなる生命の息吹《グランディス・ヴィータ・スピィリートゥム》】

【世界を覆う見えざる手《ムンドウス・コウヴェ・インヴイジ・マヌス》】

【すべてを穿つ《オムニス・カウウス》】

三つの魔術が使えたことで確信した。俺は妄想《もうそう》魔術が使える。信じられないことだが——嬉しいっ！

と感慨《かんがい》にふけっている場合ではない。怪我人《けがにん》がいるかもしれない。まだ、油断はできないな。

ディズは回復魔術を使えない。俺が急がないとッ！

あっ、でも、知らない人がいるんだよな。しかも、この展開だと……。俺はバックパックから取り出した兜《かぶと》を装着する。

鈍重《どんじゅう》な身体を揺すりながら、懸命《けんめい》に走る。鎧《よろい》と槍《やり》の重さが嫌になる。自分のノロマさにも嫌気《いやけ》がする。

たっぷりと時間をかけて現場に到着《とうちゃく》した頃には、息が上がりきっていた。心臓もバクバクと抗議《こうぎ》している。

馬車が一台。ハイオークの襲撃《しゅうげき》を受けてか、凹《へこ》んでいる。

その馬車を取り囲むように数人の騎士とディズが呆然《ぼうぜん》と立ち尽《つ》くしていた。目の前の出来事を受け入れられない様子だ。

「ディ、ズ……」

かすれ声で呼びかけると、ディズはゆっくりと振《ふ》り向いた。

「ロイル？」

「怪我……人………だい、じょぶ？」

「怪我人？　あっ、うん、大丈夫《だいじょうぶ》だよ。誰も怪我してないよ」

「よか……った………」

間に合ったか。被害が出なかったことにホッとする。

「ねえ、それより、これ、ロイルがやったの？」

「これ……？」

「私が着いたときには、ハイオークはもういなかった。その代わり……」

ディズが地面を指差す。

今まであえて、気づかないフリをしていたのだが……。

やっぱりごまかせないよね………。

地面には大きく抉《えぐ》れた三つのクレーター。その原因は俺の【すべてを穿つ《オムニス・カウウス》】だ。

手加減できなかったもんなあ……。

人や馬車に危害が及《およ》ばなかったのは不幸中の幸いだ。

「ロイルがなんかやったんでしょ？」

黙《だま》っている俺にディズがジト目で詰《つ》め寄る。しらばっくれることはできなかった。

「うっ、うん……。魔弾……とば、した」

「まあ、ちょっとやり過ぎだったけど。凄いわよ、ロイル。やっぱり、強いじゃない！　なんていう魔術《まじゅつ》なの？」

ディズは俺に飛びつき、ぴょんぴょん跳《と》びはねる。彼女《かのじょ》の飽和《ほうわ》した喜びが、俺にまで伝わってくる。

「【すべてを穿つ《オムニス・カウウス》】」

「へえ、聞いたことない名前。でも、強そうだねっ」

だが、俺は微妙《びみょう》な気持ちでいた。

この魔術にはふたつの欠点がある。

ひとつ目は、威力の加減が出来ないこと。

そしてふたつ目は――その名前だ。

実のところ、俺はあまりこの名前が気に入っていない。この魔術にはもっとカッコイイ名前が相応《ふさわ》しい。

だけど……一週間考えても、これ以上の名前を思いつかなかった。

冒険譚《ファンタジー》の著者は、俺では及びつかないようなカッコイイ技や魔術を生み出す。それに比べたら、俺はまだまだだ。

誰か、もっとカッコイイ名前を教えてくれないだろうか……。

そうこうしているうちに、馬車から降りてきた男に声をかけられた。

「騎士殿《きしどの》、この度《たび》はお助けいただき感謝致《いた》します」

格好と物腰《ものごし》から判断するに、高貴な方に仕える執事《しつじ》だろう。

そう思った俺は馬車に視線を向ける。見覚えのある紋章《もんしょう》だ。門番をやっていたおかげで、貴族の紋章には詳しくなった。この紋章はメルキの街を領有する伯爵家《はくしゃくけ》のものだ。となると、馬車に乗っているのは……。

馬車の中から少女が降りてくる。

「わたくしからも、お礼を述べさせて下さい」

貴族令嬢《れいじょう》に相応しい上品な装《よそお》いに、優雅《ゆうが》な立ち振《ふ》る舞《ま》い。ディズと同じ年頃《としごろ》の少女だが、彼女は紛れもない貴族だ。

しかし、気丈《きじょう》に振る舞ってはいるが、その細い肩《かた》は小さく震《ふる》えている。やはり、怖かったのだろう。

「わたくしの名はフローラ・ディン。この地を治めるディン伯爵家の一人娘《ひとりむすめ》です。この度は我々の命をお救いいただきありがとうございます」

フローラ嬢がゆっくりと、深く頭を下げる。その所作は、まるで時間の流れが緩《ゆる》やかになったかのように感じるほどだ。

彼女に従い、配下一同がそろって頭を下げる。御者《ぎょしゃ》、執事、メイド、そして、護衛の騎士たち。彼らの態度からも、フローラが慕《した》われていることが伝わってくる。

彼女はまだ若いながらも、立派な貴族だ。門番をしていると、いろんな貴族を見る機会がある。彼女のように下々を思いやれる素晴《すば》らしい貴族もいれば、平民を人とも思わぬ特権意識の塊のような貴族もいる。

助けた相手が貴族だと知って、不安もあったが、彼女なら大丈夫だろう。

フローラ嬢や配下の者たちは頭を下げたままだ。俺たちがなにか言うまで、頭を上げないつもりなのだろう。

「あ……う……」

なにか言わなきゃと口を開いたが、まったく言葉が出てこない。焦《あせ》っていると、隣《となり》から助け舟《ぶね》が──。

「頭をお上げ下さい、レディ・フローラ」

ディズが片膝《かたひざ》をついたので、俺も慌《あわ》てて従う。

「困っている者があらば、それを助けるのは人として当然のことです」

きっぱりと告げるディズの顔からは強い信念が感じられる。さすがは元聖女というべきか。その凛々《りり》しい顔に見惚《みと》れてしまう。

「姿勢を直して下さい。お二人は命の恩人です。礼儀《れいぎ》は不要ですので、楽にして下さい」

そう言われてもどうするべきなのか、俺は知らない。うっかり顔を上げて無礼者、とかならないか心配だ。そう思ったのでディズの真似《まね》をすることにした。「それでは」とディズが立ち上がったので、俺もそうする。

そのとき、ディズが「ロイル、兜」と小声で伝えてきたので、兜を外す。やはり、兜をつけているのは不敬なんだろう。ディズが教えてくれて良かった。

「まあ」

俺の顔を見たフローラ嬢が顔を赤らめる。なにが「まあ」なんだろう……。だが、俺に貴族令嬢の考えが分かるわけもない。しばらく、見つめられたが、フローラ嬢はコホンと咳払《せきばら》いして、口を開く。

「貴族として、恩には報《むく》いなければなりません。よろしければメルキの屋敷《やしき》まで、案内させていただけますか?」

「ちょうど良かったです。私たちもメルキに向かう途中でした。せっかくなので、ご一緒させて下さい。ねっ、ロイル?」

「あっ、ああ……」

「では、馬車にどうぞ」

なんかスゴいことになった。道行く美少女と仲間になり、モンスターに襲われた貴族令嬢（しかも美少女）が乗った馬車を助け、その馬車に乗ることに……。

この状況は――まさにテンプレ。

これは――俺に「主人公になれ」と神が言っているのか？

フローラ嬢に勧《すす》められ、俺とディズは馬車に乗り込んだ。

生まれて初めて馬車というものに乗ったが、貴族用の馬車の快適さに衝撃《しょうげき》を受けた。俺の知っている馬車の印象とは正反対だ。

平民が利用する馬車の乗り心地《ごこち》は最悪。尻《しり》は痛く、口から内臓が飛び出そうなほど揺れる。門をくぐる馬車の乗客は、無事に着いたのと同じくらい、馬車から解放されることを喜んでいた。

しかし、伯爵家の馬車はまったく揺れず、その場に止まっているのではないかと錯覚《さっかく》するほどだった。

馬車は対面の四人がけだ。俺とディズが並んで座《すわ》り、向かいにはフローラ嬢とメイドの女の子。

ディズのコミュ力のおかげで、ディズとフローラ嬢はすぐに打ち解け、会話が盛り上がる。

どれくらい打ち解けたかというと、メルキの街に着く頃には「ディズちゃん」「フローラちゃん」と敬語なしで話し合うほど。フローラ嬢は同年代の友だちがほとんどいないらしく、友人というものに憧《あこが》れていたそうだ。

そんなわけで二人は意気投合。出会って数十分で貴族令嬢と友人になるとか、ディズのコミュ力の高さに恐《おそ》れ入るばかりだ。

俺？　俺はもちろん——まったく会話に入ることが出来ず、置物みたいに愛想《あいそ》笑《わら》いを浮かべるだけで精一杯だったよ。

伯爵家に到着すると、伯爵と伯爵夫人の両者から盛大《せいだい》なもてなしを受けた。見たこともない豪勢《ごうせい》な料理やら、俺の年収数年分もしそうな高級ワインやら。

お二人は一人娘のフローラ嬢を目に入れても痛くないほど溺愛《できあい》しており、その命を救った御礼《おれい》の言葉を何度も頂いた。

ここでもディズのコミュ力が大活躍《だいかつやく》だった。俺一人だったら、目も当てられない結果になっただろう。下手したら無礼を咎《とが》められ、斬《き》り捨てられてたかもしれん。ほんと、ディズには頭が上がらない。

伯爵からは褒美として、金貨ジャラジャラな袋《ふくろ》を頂いた。俺はビビって「こんなに頂けません」と言おうとしたが、俺の錆《さ》びついた口が動く前に、ディズが「それでは頂戴《ちょうだい》いたします」とあっさりと受け取っていた。ちなみに、後で数えたら門番の生涯《しょうがい》賃金の何倍もあった……。

しかも、それだけではなかった――。

「他にもなにかあるかね？　私たちにできる事があれば最大限の便宜《べんぎ》を図《はか》らせてもらうが――」

伯爵の言葉に、ディズは俺の方をチラッと見てから返答する。

「いえ、すでに過分な褒美を頂いておりますので」

すげー、ディズすげー。一瞬《いっしゅん》見ただけで、俺の考えを理解してるよ。というか、俺が顔に出し過ぎなのか……。

「ふむ、そうか。君たちは今後どうするつもりなのかね？」

「この街を拠点《きょてん》にして、冒険者活動をする予定です」

「なんとっ！　ハイオークどもを瞬殺《しゅんさつ》するような凄腕《すごうで》冒険者が留《とど》まってくれるのかっ！」

「はい。微力《びりょく》ながらも、この街のために尽くす所存です」

「そうかそうか、いやあ、めでたい。褒美の件はいつでも良い。なにか困ったことがあれば、真っ先に頼《たよ》ってくれ」

「ありがたきお言葉です」

結局、その日は「泊《と》まっていってくれ」とのことで、伯爵邸《てい》に宿泊《しゅくはく》することになった。

俺は貴族疲《づか》れもあって、与《あた》えられた寝室《しんしつ》で早々《はやばや》と眠《ねむ》りについたが、ディズはフローラ嬢と夜遅《よるおそ》くまで話し込んでいたそうだ。

伯爵邸のベッドは素晴らしかった。

なにがスゴいって、俺が乗っても軋《きし》まない。

そして、俺が大の字に寝《ね》ても余裕《よゆう》たっぷり。

寝返《ねがえ》りをうってもベッドからはみ出ないのだ。

普通の人にとっては「なにを当たり前な」と思うだろう。

だが、一八八センチ、九〇キロの俺にとっては、背中を丸めずに寝られるベッドというのは奇跡《きせき》なのだっ！

そんな奇跡を噛み締めながら、ベッドに横になる。

柔《やわ》らかすぎて溺《おぼ》れるかと思ったが、寝心地《ねごこち》は最高！

まさに、天にも昇《のぼ》る気持ちで熟睡《じゅくすい》できた。

第2章　メルキの街

翌朝、朝食を頂いた俺とディズは伯爵邸を辞し、市街地へ向かうことにした。

伯爵家のみなさまは、「いつまでもいていい」と俺たちを引き止めてくれたが、俺たちには冒険者《ぼうけんしゃ》になるという目的がある。それに、いくら伯爵一家が気さくだとはいえ、なにか無礼をやらかしてしまいそうで、気が休まらない。まるで我が家《わがや》のようにくつろいでいるディズとは違《ちが》うのだ。

伯爵邸は街外れの高台にあり、市街地から少し離れている。聞いたところによると、歩いて三〇分ほどだとか。フローラ嬢は「馬車を出す」と言ってくれたが、目立ちすぎるのでお断りさせていただいた。

「ディズちゃん、また遊びに来てね」

「うんっ、また来るよっ」

フローラ嬢はディズとハグで名残《なご》りを惜《お》しむ。すっかり、十年来の友人みたいだ。

俺ひとり蚊帳《かや》の外だが、そういう状況には慣れきっているので、まったく気にならない。

むしろ、ひと回りも下の美少女二人の間に、俺みたいなオッサンが交ざろうとしても、ロクな結果にならないことは百も承知。

物理的にも精神的にも、一定の距離《きょり》をおいて、二人の仲睦《むつ》まじいやり取りを眺《なが》めるだけ、と思ってたら――。

「ロイルさんも、一緒《いっしょ》に遊びに来て下さいね」

「っ………」

いきなり、話しかけられ、しどろもどろになる。まさか、俺のことまで気にかけてくれるなんて……。フローラ嬢は、なんて人間のできた人なんだ。

「うん。二人で来るよっ」

口が動かない俺の代わりに、ディズがフォローしてくれる。おかげで微妙な空気が流れずに済んだ。

こうして、胃に穴が空きそうだった伯爵家滞在《たいざい》は終わりを告げた。

物語《フィクション》だと、伯爵家から依頼《いらい》という名の厄介事《やっかいごと》を押《お》しつけられるのものだが、やはり、物語《フィクション》と現実《リアル》は別物だ。

何者かに命を狙《ねら》われているフローラ嬢の護衛を頼《たの》まれることはなかったし。

不治の病に苦しむ寝たきりの妹のために秘薬《エリクサー》を取ってこいとも言われなかったし。

ましてや、フローラ嬢が俺に一目惚《ひとめぼ》れしてついて来るというイベントは、もちろん、起こらなかった。


当たり前だ。

「あっ」とか「うっ」とかしか言わない、三十路《みそじ》の冴《さ》えないオッサンに美少女な貴族令嬢が惚《ほ》れ込むとか、物語《フィクション》であっても、「ご都合主義乙《おつ》」と叩《たた》かれることは必至だ。

フローラ嬢に見送られ、丘《おか》を下っていく。街が一望できる眺めに感動しながら。

さて、俺たちの目的地はというと――。

「まずは――」

「ギルド？」

俺としては、いち早くギルドで冒険者登録を済ませて、ダンジョンに潜りたい。

冒険者といえば、ダンジョン。

ダンジョンといえば、冒険者。

冒険譚《ファンタジー》での大定番だ。

モンスター。

宝箱。

そして、出会い。

冒険者になったのは、ダンジョンに潜るためと言っても過言ではないっ！

「──拠点の確保ね」

俺の熱い思いは、ディズには伝わらなかったようだ……しょぼん。

「……拠点？」

「ええ、これは私のわがままなんだけど……」

それにしても……拠点か。俺としては宿屋ぐらしのつもりだったから、ディズの提案は意外だった。

「ここに来るまで宿屋でなにかとトラブルが多くてね。だから、宿屋は避《さ》けたいの。それに、しばらくはメルキから離れない予定でしょ？　だったら、家を借りた方が得なのよ」

「そう……だ……ね」

たしかにディズの言う通りだ。彼女みたいなカワイイ女の子が一人旅をしていれば、変な男に絡《から》まれることも多いだろう。

そう考えると、浮かれているわけにはいかない。ダンジョンは待ち遠しいが、ここは後回しだ。

「いいかな？」

追撃《ついげき》の上目遣《うわめづか》い。そんな目を向けられたら、断れるわけがない。

それに伯爵からもらったお金で、懐《ふところ》は温かい。なにせ、家を一軒買ってもお釣《つ》りがくるほどの大金だ。

「うっ……う、ん……いい、よ」

「よーし、じゃあ、拠点を確保しに行こっ！」

ということで、俺たちは不動産屋に向かう。のんびりと街中を見物しながら、歩いて行く。俺が知っているのは故郷の農村とサラクンだけで、知らない街を歩くなんて初めてだ。自然と足取りが軽くなる。鼻歌も歌いたいところだが、長い門番生活で歌い方を忘れてしまった。

ここメルキの街は俺が一五年過ごしたサラクンの街とはだいぶ様子が違った。一番目立つのは冒険者の数だ。メルキは冒険者の数がとても多い。歩いている者の半分、は言い過ぎにしても、それくらい多い。街中は活気にあふれていた。

「なっ、なあ……大丈夫、か？」

「ん？　なにが？」

「不動、産屋。……相手……商人」

相手は百戦錬磨《ひゃくせんれんま》の商売人だ。上手《うま》く言いくるめられたり、ボッタクられたりしないか心配だ。そう伝えたかったのだが、やはり口が回らない。

伯爵から推薦《すいせん》してもらった店なので、変なことにはならないと思うが……少し不安だ。

「大丈夫だよ。任せといてっ！」

ディズが頼もしげに自分の胸を叩く。その衝撃で揺れる胸に思わず目を奪《うば》われる。

今のディズはボロボロの修道服ではなく、伯爵家でいただいた貴族令嬢が着る服を着ている。もともとびっきりの美少女だが、この格好だと五割増しくらいで可愛《かわい》く見える……。

――いけない、いけない。ひと回りも年下の女の子になんて視線を向けてるんだ。

自己嫌悪《けんお》する俺に構わず、ディズが続ける。

「ロイルは後ろでどーんと突《つ》っ立っていればいいよっ」

「そっ、そうか」

「後は符丁《ふちょう》を決めておきましょ？」

「符丁？」

「ええ。私が右耳を触《さわ》ったら『うむ』。左耳を触ったら『なにッ！』。短く重々しい調子で言ってほしいの。分かった？」

「あっ………あ、あ」

ディズの意図は分からないが、人見知りで口下手な俺でも、それくらいならできるだろう。

「じゃあ、試《ため》しねっ！」とディズが右耳を触る。

「うむ」と返す。

「そうね、もうちょっと低い声で」と今度は左耳。

「なにッ！」

「そうそう、その調子よ」

その後何度か、ディズは右耳と左耳を交互《こうご》に触り、それに合わせて俺は口を開いたり閉じたりした。

「これなら大丈夫ねっ！」

ようやくディズの合格がもらえた頃《ころ》、俺たちは目当ての不動産屋にたどり着いた。

一等地に店を構える不動産屋だ。出迎《でむか》えたのは丁寧《ていねい》で礼儀《れいぎ》正《ただ》しいが、嘘《うそ》くさい笑《え》みを湛《たた》えた若い男だった。

俺たちはカウンターに案内され、「ご用件は？」と尋《たず》ねられる。

打ち合わせ通り、ディズだけが椅子《いす》に座り、俺はその後ろに立つ。交渉《こうしょう》はディズに任せきり、俺は指示があったときに口を開くだけだ。

「これ、伯爵の紹介状《しょうかいじょう》よ」

いぶかしげな視線を向けていた男は、急に態度を改める。作り物の笑顔が消え、取り繕《つくろ》うように背筋がピンッと伸《の》びる。

「しっ、失礼致しました。本日はどういったご用件でしょうか？　最大限の努力を尽くして、ご希望にお応えさせていただきます」

「見ての通り冒険者よ。ダンジョン探索《たんさく》のためにこの街へ来たの。拠点となる家を借りたいわ」

「ぼっ、冒険者ですか……。承知いたしました。それでしたら――」

店員がファイルに手を伸ばそうとしたところを、ディズが遮《さえぎ》る。

「いわくつき物件よ。あるでしょ？　いわくつき物件」

「……いわくつき物件ですか？　それはもちろん、ございますが……」

店員の渋《しぶ》る態度を見て、ディズが右耳を触る。

「うむ」

店員の視線が俺に向く。

「問題ないわ」

再度、右耳の合図。

「うむ」

「大変危険です。当方では安全を保証しかねます。伯爵の紹介《しょうかい》を受けられるお方でしたら、もっと良い物件がいくらでもございますが？」

「問題ないわ」

「うむ」

「承知いたしました。こちら、冒険者ギルド近くの好立地の物件なのですが——」

店員は物件情報が書かれた一枚の紙を差し出す。

「もともと月二〇万の物件なのですが、最近レイスが棲《す》みついて……。除霊《じょれい》していただけるなら、月一〇万で構わないとのことです」

高っ！　門番時代の月収が一五万ゴルだ。

「なにッ！」

「ヒッ！」

ディズの合図で俺が声を発すると、店員は怯《おび》えた声を上げた。

そして、再度の合図。

「なにッ！」

「ヒエッ……」

怯えた店員は助けを求めるようにディズに視線を向けるが、彼女は獲物《えもの》を前にした猛獣《もうじゅう》のような笑《え》みで口を開く。

「レイスの除霊なら二〇〇万くらいかしら。それで月一〇万はぼったくりよね。月五万で」

「……月八万でどうでしょうか？」

「なにッ！」

俺がディズの合図に従うと、店員がピクリと震える。

「はっ？　寝ぼけてない？　月六万」

「………月七万。これでなんとか、ご勘弁《かんべん》いただけないでしょうか？」

「…………まあ、いいでしょ。それで手を打つわ」

「なにッ！」

あっ、間違《まちが》えた。右耳だった。

「ひっ。でっ、では月六万でっ、どうか、ご勘弁をっ……」

冷《ひ》や汗《あせ》を垂らしながら頭をぺこぺこと下げる店員に、ディズが勝ち誇《ほこ》ったように告げる。

「勉強してくれてありがとね。その分、伯爵にはよろしく伝えておくから」

「はっ、はい。ありがとうございます」

店員はさっきよりも深く長く頭を下げた――。

それから、店員の案内で俺たちは目的の物件に向かうことになった。

「すごい……交渉術《こうしょうじゅつ》」

「聖職者の世界は魑魅魍魎《ちみもうりょう》の世界だからね。みんな、笑顔の下で刃物を研《と》ぎ澄《す》ませているんだよ」

ディズがエグい現実《リアル》を伝えてくる。

「そんなところで暮らしていれば、これくらいの交渉術は勝手に身につくわよ。それよりさっきの最後のアレ、やるじゃない。あのアドリブは期待以上だったわよ」

「えっ、……い、いや……間違えた……だけ」

「またまた、謙遜《けんそん》しちゃって」

最後のアレは本当に右耳と左耳を間違えただけだ。

だけど、それが功を奏して一万ゴル安くなったんだから、不思議なもんだ。

◇◆◇◆◇◆◇

三人でいわくつき物件へと歩いて向かう。

「いやあ、物件自体はいいモノなんですよ～。立地良し、広さバッチリ、間取りも最高なんですよ～」

店員は、並んで歩くディズに向かって、まくし立てるように話し続ける。一度だけ、後ろを歩く俺と視線があったが、怯えきった表情を浮かべ、それ以降、俺の方を向くことはなかった。

まるで、話に集中することで、俺という存在を忘れようとしているみたいだ。

門番時代にもよくあったことなので、そういうものだと気にしない。子どもに泣かれたときはちょっと傷ついたけど……。

それにしても、よく回る舌だ。羨《うらや》ましい。ディズとは別の方向性だけど、この男のコミュ力もなかなかのものだ。まあ、これくらいないと商売人としてはやっていけないのだろう。俺には絶対に無理な職業だ。

「こちらでございます」

冒険者ギルドに近い立地。立派な外観。二人で暮らすには大きすぎる一軒家《いっけんや》。外から見る限りでも、五、六人の冒険者パーティーが余裕で生活できそうだ。

想像を遥《はる》かに上回る優良物件だった。これが月六万で借りられるのか……。いや、まだ早い。ディズが除霊に成功してからだ。彼女の腕次第《うでしだい》だが、ディズは交渉前から自信満々だった。レイスといえばそれなりに高位の悪霊《あくりよう》だったはずだが……彼女にとってはどうってことはないのだろう。さて、お手並み拝見だ。

「私は敷地《しきち》に入りませんので、あとはよろしくお願いします」

店員の顔からは「死んでも入りません」との意志が伝わってくる。たしかに、彼《かれ》の態度にもうなずける。素人《しろうと》の俺でも分かるくらい、敷地全体を邪悪《じやあく》な気配が覆《おお》っている。

きっと一歩でも足を踏《ふ》み入れれば、レイスが襲《おそ》い掛《か》かってくるのだろう。だが、隣を見れば──そこには余裕綽々《よゆうしやくしやく》で腕組《うでぐ》みをしているディズの姿。頼もしいことこの上ない。

しかし……しばらく待ってみたが、彼女がなにかをする様子もない。それどころか、俺の方を見て微笑《ほほえ》んでいる。コミュ障の俺にはその笑みの意図を察することはできなかった。

「どう……した？」

「ん？」

「やら……な、いのか？」

「えっ？」

「いっ、いや…………除霊……」

「あっ？　もしかして、私が除霊すると勘違《かんちが》いしてた？」

「……違う、のか？」

「違うよー。だって、私、除霊できないもん」

「はっ、はい？」

「言ったでしょ、神聖魔術、使えないって」

「…………そう……だった……」

ディズは神聖魔術を使えなくて破門になったんだった……。

「じゃ、あ……どう、して？」

「ロイルならできるでしょ？」

「俺？」

「うん」

俺に……出来る……のか？

「あっ、ごめん。無理だった？」

「いっ………」

「気にしないで。ハイオーク三体を軽々だったから、レイスくらい訳ないかなって……勝手に思《おも》い込《こ》んでた私が悪かった。ほんと、ゴメンね」

除霊は試したことがないが……。ディズは申し訳なさそうな目で俺を見上げている。四〇センチ近い身長差があるので、首が痛くならないか心配だ。そんな目で見られたら……頑張《がんば》るしかないじゃないかっ！

「やって……みる」

「ホントっ？　できなくてもいいから、無理しないでね」

「あっ……あ、あ……だいじょ、ぶ」

味方の期待に応え、トラブルを解決する――それが主人公だっ！

なんとか考えてみよう。なにはともあれ、まずは観察だ。


『――【世界を覆う見えざる手《ムンドウス・コウヴェ・インヴイジ・マヌス》】』


たしかに、屋敷の中にそれらしき霊体《れいたい》がひとつ居座《いすわ》っている。うん、コイツだな。

さて、コイツを祓《はら》うには……最初に浮《う》かんだのは、森でハイオークを倒《たお》した【すべてを穿つ《オムニス・カウウス》】。これなら、きっと一撃《いちげき》だ。ただ、問題なのは……家ごとふっ飛ばしてしまうこと。「倒したよっ。家もなくなったけどねっ！」じゃあ、本末転倒《ほんまつてんとう》だ。

後はどうやって成仏《じょうぶつ》させるかだが、よし、妄想《もうそう》だ！

□□□□□□□□□□□□□□□□□□

「ロイル猊下《げいか》！」

「ああ、遅《おく》れてすまん」

非常事態が起こったと聞き慌てて駈《か》けつけた俺を出迎えたのは数人の教会関係者と聖女ディズ。

俺も彼女と同じく教会の者。そして、そのトップ、法皇とやらをやらされている。

今回は聖女である彼女でも手に負えない危機的状況《じょうきょう》。最後の頼みの綱《つな》として、俺が呼ばれたのだ。

「大丈夫《だいじょうぶ》。俺が来たから、もう大丈夫」

「猊下……」

俺を見つめるディズの目が熱っぽい。やめてくれ。そんなだから、疑われるんだ。俺は神に仕える身……って言われてるんだから。俺の性には合わないんだが、担《かつ》ぎ上げられている立場上、迂闊《うかつ》なことはできない。そういうのは二人だけのときにしてくれ。

「酷《ひど》い状況だな」

「結界で封《ふう》じ込めていますが、いつまで保つか……」

自信なさげな彼女《かのじょ》だが、これだけの結界を張れるだけで十分だ。

「よくやったな。後は任せろ」

ディズの頭をポンポンと撫《な》でてやる。だから、その潤《うる》んだ瞳《ひとみ》は人前ではダメだって。俺は彼女の耳元で「ご褒美《ほうび》は後で、二人っきりになったらな」とそっと囁《ささや》く。

すると、彼女は「はうぅ」と脱力《だつりょく》して俺に抱《だ》きついてくる。俺は「やれやれ」と彼女を抱きかかえたまま、街を見る。

ディズの結界で封じ込められているが、街中は酷い有様だ。住人の多くがゾンビ化している。このゾンビが街からあふれ出たら大惨事になるのは間違いなし、だが、俺の浄化魔《じょうかま》術《じゅつ》なら一発で解決できる。

俺は詠唱《えいしょう》を開始した――。

□□□□□□□□□□□□□□□□□□□□

――天地《あめつち》に轟《とどろ》く、神代《かみよ》の雷《らい》てぃへ…………。

噛《か》んだ。噛んじゃった。一節目で、噛んじゃった。

カッコよく決めなきゃいけない場面で……噛んじゃった。

なんだよ「雷てぃへ」って！　「雷霆《らいてい》」だよっ！

二人の顔は見えないけど、なんとも微妙《びみよう》そうな空気が流れているだろう。

顔が熱くなるが、誤魔化《ごまか》すように魔術を発動させる。

『――【我が名《クウィ・ペルデレ・マルウム・メウム》、それは――邪を滅ぼす者】』

この魔術は本来なら、六〇節に及《およ》ぶ長い詠唱が必要（という設定）だ。

ディズの怪我《けが》を治したときや、ハイオークを倒したときは余裕がなかったけど、今回は余裕たっぷりな状況なので、俺のカッコイイ詠唱を聴《き》いてもらう良い機会だったのだが

……。

ともあれ、魔術は成功したようで、悪《あ》しきものを浄化《じようか》する（という設定の）清らか（という設定）な魔力《まりよく》が屋敷に向かって飛んでいった。

――ギャアアアアアア。

建物の中から断末魔《だんまつま》の叫《さけ》びが響《ひび》くが、しばらくしてレイスの存在は消失した。

思いの外、あっけなかった。余った魔力が辺りに飛び散ってしまったが、まあ、人体や物体に害はない（という設定）ので、よしとしよう。

「ふぅ～～～」

俺はさも、大仕事を終えたかのように、大きく息を吐《は》く。

――どうだっ。今の俺は主人公だっ!!!

詠唱は噛んじゃったけど……。

「すごッ!?」

「…………」

ディズは驚《おどろ》いて目を見開き、店員はポカンと口を開けている。

「これで……良か、った？」

「ロイル、すごいよ～～～。司祭クラスでもこんなに簡単にはいかないのに」

「そう……な、の？」

喜びをあらわにディズが飛びついて来る。彼女と俺を隔《へだ》てる分厚いプレートアーマーが恨《うら》めしいが、褒《ほ》められて喜びを隠《かく》し切れない。

「初めて聞く詠唱よっ。ロイルはスゴいよっ！」

そりゃそうだ。俺が考えついたものだからな。むしろ、聞いたことがあったら驚きだ。

噛んじゃって、一節目が終わるまでもいけなかったけどな……。

「しかも、短縮詠唱！」

どうやら、俺が噛んだのを短縮詠唱と勘違いしたようだ。キラキラと輝《かがや》く目で見上げてくる。結果オーライだ。反省点はあるが、ギリギリ及第点《きゅうだいてん》だろう。なんとか、主人公失格は免《まぬが》れることができた。安心。安心。

こうして、俺たちは格安で拠点を借りることに成功した。

◇◆◇◆◇◆◇

——ピンポーン。

新拠点でくつろいでいると、玄関《げんかん》のチャイムが鳴り、心臓がドキッと跳《は》ねる。いったい誰《だれ》だろうか……越《こ》してきたばかりの俺たちに用がある人といえば……。

「あのー、こちらに引っ越してきた方ですか？　よろしかったら、お近づきのしるしに、こちらを……」

「カレー？」

「はいっ。作り過ぎちゃったので……。貰《もら》っていただけると嬉《うれ》しいです」

エプロン姿の家庭的な女性だが、妙《みょう》に色気がある。

カレーが入った容器を「どうぞ」と手《て》渡《わた》される。スパイシーな香りと女の人のなまめかしい匂《にお》いが混ざり、頭がクラクラする。

「あっ、うぅ」

受け取る際に、彼女の指に触《ふ》れ、俺はビクッとなる。きっと今の俺は真っ赤な顔をしてるだろう。

彼女は気にする様子もなく、「これからよろしくお願いしますね」とウィンクひとつ、手を振《ふ》って帰って行く。

俺はバクバクと心臓を鳴らしながら、彼女の後ろ姿を見送り――「よしっ、隣人《りんじん》ガチャSSRだっ！」と小さくガッツポーズ――というのは、もちろん、俺の妄想だ。

というか、なぜお隣《となり》のお姉さんはいつも料理を作りすぎるのだろうか。とくに、カレーなんか日持ちするんだから、次の日に食べればいいよね。二日目の方が美味《おい》しいし。

——ピンポーン。

俺が妄想に浸《ひた》っていると、再度チャイムが鳴った。出るか？ 出ないか？

コミュ障の俺が初対面の相手と玄関先《げんかんさき》でやり取りなんて出来るわけない。

答えはひとつ——居留守しかない。よし、スルーだっ！

「誰かいますかー？ いますよねー？ 明かりついてますよー」

あっ……バレてる。どうしよ。うーん、ディズは今、お風呂《ふろ》に入っているし、俺が応対するしかない。

外から尋ねる声はカワイイ。鈴《すず》を転がしたような声だ。声だけで美少女だって分かる。

鼓動《こどう》がどんどんと速くなる。もし、オッサンが相手だったら適当にあしらえばいいけど、相手はカワイイ女の子……ちゃんと話せるんだろうか……。

まったく自信がなかったが、カワイイ女の子を無視するのも気が引ける。俺は覚悟《かくご》を決めてドアを開くことにした。

うわっ。想像以上の美少女だ。美少女過ぎる。ただ、それ以上に彼女の格好のインパクトが大きすぎた。

彼女の姿はひと言で表すと――魔女《まじょ》っ子だ。金色の派手な刺繍《ししゅう》が入った漆黒《しっこく》のローブに三角帽子《ぼうし》、彼女の背丈《せたけ》以上の大きな杖《つえ》を持っている。いかにも物語《フイクション》から抜《ぬ》け出してきた魔女っ子スタイルだ。

門番時代にも魔術師《まじゅつし》は見かけたが、ここまでコテコテな人はいなかった。ローブはもっと地味なものだし、杖だって三〇センチくらいの短杖《ワンド》――というスタイルが主流だ。

きっとカタチから入るタイプなんだろう。その気持ち、よく分かる。俺も長い門番時代、冒険譚《ファンタジー》を読み耽《ふけ》り、本の中の冒険者に自分を重ね、想像を思い描《えが》いた。

重たくて頑丈《がんじょう》なフルプレートではなく、軽くて硬《かた》いミスリル鎧《よろい》。取り回しに困る長槍《ながやり》ではなく、ダンジョンでも使える両手持ちの直剣《ちょっけん》。剣《けん》を振るうとモンスターに向かって飛んで行く斬撃――そういう姿に憧《あこが》れたものだ。

「あのー」

「なにか……用?」

おっと、彼女の姿に視線を奪われていたら、話しかけられ、ぶっきらぼうな返事をしてしまった。そのせいか、彼女の肩《かた》がピクリと揺《ゆ》れた。だが、美少女はめげずに話しかけてくる。

「いっ、いえ。こちらに住む方ですか？」

「うっ、うん」

カレー容器は持っていないが、なにやら用があるみたいだ。

「ここはレイスが棲み着いていたはずですが」

「うっ、うん」

「今はまったく気配が感じられません」

「うっ、うん」

「さっきの除霊《じょれい》魔術ですよね」

「うっ、うん」

「神聖魔術とは、違うようですが」

「うっ、うん」

だめだ、緊張《きんちょう》しすぎて「うっ、うん」マシーンになってる。とはいえ、まったく口が動かない。美少女怖ええ。

「あの、お願いがあります」

「結構、です」

――ぱたん。反射的にドアを閉めてしまった。

ドア越しに「えっ？」と美少女のくぐもった声が聞こえてくる。

とっさの行動だったけど、俺は間違っていないはずだ。美少女がいきなりやって来て、「お願いがあります」だと……。うん、これは――悪徳商法に違いない。変な宗教に勧誘《かんゆう》されたり、変な壺《つぼ》や変な絵を売りつけられるに決まっている。女の子の笑顔ほど怖《こわ》いものはないのだ。

そう思ってドアに鍵《かぎ》をかけ、なかったことにする――。

――ピンポーン。ピンポーン。ピンポーン。ピンポーン。

――ドンドンドンドンドン。

「開けてくださーい」

――ピンポーン。ピンポーン。ピンポーン。ピンポーン。

――ドンドンドンドンドン。

「お願いしまーす」

怖い怖い怖い怖い怖い怖い怖い怖い怖い怖い怖い怖い怖い怖い。

俺は目を閉じて、耳を塞《ふさ》ぎ、「なにもなかった」、「誰とも会っていない」と必死で自分に言い聞かせた。

「ねえ、ロイル、なにしてるの？」

何分経《た》っただろうか。現実逃避《とうひ》していると、お風呂上がりのディズが心配そうに声をかけてきた。

うわ。ヤバい。軽く火照《ほて》った顔、水が滴《したた》る髪《かみ》。そして、いい匂い。破壊力《はかいりょく》がバッグンだ。

言葉に出来ず、「あうあう」と呟《つぶや》くだけの俺に向かって、「あはは、変なロイル」とディズが笑顔を見せる。濡《ぬ》れた髪をタオルで拭《ふ》く姿が色っぽい。

「どうしたの？　なにかあった？」

「いっ、いや……」

どうやら、美少女は去って行ったようで、俺はホッと胸をなで下ろす。

「実は……」

俺は噛み噛みながらも、さっきの出来事をディズに説明する。

「へえ、そんなことがあったんだ」

俺にとっては大イベントだったが、コミュ力の高いディズにはなんてことないんだろう。

「次は私もその子に会ってみたいな」と余裕《よゆう》の発言だ。

俺としては、もう勘弁して欲《ほ》しいところだが、この発言がフラグだったのか、翌日、美少女との再会を果たすことになるのだった。

◇◆◇◆◇◆◇

——拠点《きょてん》を手に入れた翌日。

昨日は部屋を掃除《そうじ》したり、必要品を買い揃《そろ》えたりで日が暮れてしまった。その後、「新居お祝いパーティー」とディズが言い出した。

俺は酒には強い方だが、ディズも負けず劣《おと》らずで、夜遅《よるおそ》くまで二人だけの宴会《えんかい》だった。ディズが巧《たく》みに会話をリードしてくれるので、口下手の俺でも楽しい時間を過ごせた。

宴の最中、俺はディズに尋ねてみた。

——伯爵《はくしゃく》から大金をもらったんだから、わざわざいわくつき物件に住む必要はないのでは？

こんなに流暢《りゅうちょう》には言えなかったが、それでもディズはちゃんと理解してくれた。

「冒険者《ぼうけんしゃ》って、意外と出費がかさむんだよね。かといって、必要なお金をケチったら痛い目に遭《あ》うし」

どこか遠い目をしたディズの言葉は実感がこもっていた。過去になにかあったんだろうか……。

「だから、締《し》めるところは締めて、必要なお金は出し惜《お》しみしない。それが大事なんだ」

なるほど。たしかに、この食事もお酒も、それほどお金をかけていない。

元聖女ということで、浮世離《うきよばな》れした生活を送っていたのかと思ったが、俺よりもよっぽど地に足がついている。コミュ力といい、豊富な知識といい、ディズは本当に頼《たよ》りになる。

俺も早く頼ってもらえるようにならないとな……。

そんなこんなで、ディズにいろいろ教わったり、身の上話をしたりで楽しい時間を過ごすことができた。

二晩続けて誰かと一緒《いっしょ》に飲むなんてこと、俺の人生で初めての経験だ。誰かと飲むお酒は一人で飲む場合の百倍美味しいということを俺は学んだ。

ちなみに――。

入浴中のディズが、風呂場《ふろば》に現れた虫に驚いて全裸《ぜんら》のままで飛び出してきたり――。

寝《ね》ぼけたディズが部屋を間違えて、俺のベッドに潜《もぐ》りこんだり――。

なかなか起きてこないディズを起こしに行って、はだけた胸元《むなもと》がポロリしたり――。

――という事故《ラッキースケベ》は一切《いっさい》なかった。


おかしい？

恋愛笑話《ラブコメ》の神様はちゃんと仕事をしてるんだろうか？

だが、俺はそれくらいでは動じない。物語《フィクション》には二種類のヒロインが存在する。

ひとつは、なぜか出会った瞬間《しゅんかん》から主人公への好感度ＭＡＸなタイプ。

もうひとつは、旅を続け、苦楽を共にし、少しずつ主人公に惚《ほ》れていくタイプ。

なので、俺は焦《あせ》ったりはしない。

恋愛笑話《ラブコメ》の神様がサボっているんじゃない。ディズが後者のタイプなだけだ。

俺のどこに惚れる要素があるのか、自分でも疑問だが、そう信じる――信じたい。

そんなこんなでイベントは起こらなかったけど、ひとつ屋根の下でカワイイ女の子と二人きり。それだけで、俺はドキドキしたのだが、ディズは気にしていないのだろうか？

デカくてムサいオッサンと一緒。部屋はたくさんあって、プライベートスペースは確保できるとはいえ、一緒に住んでいたら事故《ラッキースケベ》も起こりかねない。それにもし俺が邪な気持ちを抱いたら……。

いや、そんなことはしないよっ！

絶対にしないってば！

しないけど、ディズにとっては懸念《けねん》材料のひとつなはず。それでも、彼女は俺と一緒に暮らすという選択《せんたく》をしたんだ。これは、俺に好意を持っているに違《ちが》いない――。

――ではなくて、俺を信用してくれているんだろう。勘違いはしない。信用してくれているだけで十分だ。この信用を裏切るわけにはいかない。

朝起きて「おはよう」と笑顔を向けてくれる相手がいる。それだけで、幸せすぎて死にそうだ。

ともあれ、朝食を終えた俺とディズは家を出た。

「さて、今日の最初の目的地は――」

「ギルド？」

早くギルドで冒険者登録を済ませて、ダンジョンへ潜りたい。昨日、おあずけを食らったから、今日こそはとワクワクしているのだ。一刻も早くダンジョンに潜りたい。

「まずは、買い物ね」

「買い物？」

「ええ、ダンジョンに潜るには、いろいろと必要だよ。それに、こんな姿だもん」

ディズが着ているのは、伯爵から頂いた立派な服だが、防具としての性能は皆無《かいむ》。かといって、以前のボロボロ聖衣を着るわけにも行かない。確かに、ディズの装備を整える必要があるし、他にも色々な道具が必要なんだろう。俺はまったく知識がないので、ディズに任せるしかないな。とはいえ、やっぱり、気が急《せ》いてしまう。

「そんなしょぼくれた顔しちゃって」

「顔……出てた？」

「思いっきり出てた」

「そっ…………そう」

どうやら、俺は顔に出やすいようだ。もしかして、門番時代も一人でニヤニヤしてたのかもな。兜《かぶと》をかぶっててバレないから、そんな癖《くせ》がついてしまったのかも。恥《は》ずかしい……。

「あはは。ロイルってホント面白《おもしろ》いね」

「…………うう」

「でも、安心して、買い物と冒険者登録くらいなら午前中に終わるよ。午後から軽くダンジョンに潜ろ？」

「ほん、と……？」

「うん。だから、さっさと済ましちゃお」

「うっ、うん！」

武器屋や道具屋など、冒険者向けの店々は、冒険者ギルド近くの一角に固まっていた。

「まずは私の武器と防具。ロイルは？」

「いら……ない」

「おっけー」

伯爵様から頂いた大金があるので、お金を気にせず贅沢《ぜいたく》に装備を整えられる。

俺には使い慣れた鎧があるし、どんな良い武器を持っても使いこなせない。新しい装備は不要だ。その分、ディズの装備にお金をかけたい。

「──よし、こんなところねっ」

購入《こうにゅう》したのは軽装の革鎧《かわよろい》と武骨なガントレットだ。見た目はシンプルだが、高級な素材を用いた一級品で、伯爵資金の半分を費《つい》やすことになった。

彼女は遠慮《えんりょ》してグレードの低い装備を選ぼうとしていたが、「遠慮しないで一番良い物を買って欲しい。ディズが強くなるのは、俺にとっても嬉しいことだから」的なことを噛み噛みで伝えたら、「また、借りが増えちゃったねっ」と微笑みながら、俺の提案を受け入れてくれたのだ。

装備が整った後、俺たちはダンジョン探索《たんさく》に必要な物を取り扱《あつか》っている道具屋に向かった。

最初に購入したのはマジック・バッグという名の魔道具《まどうぐ》をふたつ。いっぱい物が入って、しかも、重くないという便利アイテムだ。

とくに、槍《やり》を仕舞《しま》えるのがありがたかった。持ち運ぶとなるとけっこう大変なのだ。持ち続けていると腕《うで》がダルくなるし、狭《せま》い屋内ではジャマなことこの上ない。不動産屋でも振り向いた際に、高そうな花瓶《かびん》を割っちゃいそうになってヒヤヒヤした。

だが、マジック・バッグのおかげで、そんな苦労ともおさらばだ。

俺の蓄《たくわ》えではとても買えない高価なものだが、伯爵様資金のおかげで、余裕で二人分購入できた。

「ずっと欲しかったんだよね。人助けはするものだよね」とディズは嬉しそう。

クビになった原因なので、魔道具には恨めしい気持ちがあったが、ディズの笑顔《えがお》を見ていると、その気持ちも薄《うす》れる。

その後、道具屋を何軒《なんけん》かハシゴしたが、もちろん、ここでも俺は完全に役立たず。なにが必要なのかも、相場がどれくらいなのかも、まったく知らない。

対するディズは手慣れた様子で、テキパキと必要なものを買い揃えていく。どんどんとマジック・バッグに放り込まれていく道具類。だけど、重さは少しも感じない。ホント、凄《すご》いな。

結局、買い物は午前中いっぱいかかってしまい、近くの店で昼食を済ませた。

「じゃあ、ギルドへ向かおっ」

冒険者ギルドは堅牢《けんろう》な石造りの三階建て。周囲を威圧《いあつ》するような建物だ。少し怖気《おじけ》づいた俺の足が、ピタリと止まった。やばい、ドキドキしてきた。

そこで、買ったばかりのマジック・バッグから鉄兜《てつかぶと》を取り出して被《かぶ》る。門番時代から使っている年季の入った鉄兜だ。面頬《めんぼお》を下ろすとき、少し錆《さ》びついた蝶番《ちょうつがい》が軋《きし》んだ。

これで、露出《ろしゅつ》しているのは目だけ。視界は狭く暑苦しいが、他人の目線を感じづらくなる。これなら、なんとか平気かな。

息を吐くと、ディズに「早く行こっ」と手を引かれた。

テンプレだと、ギルドで冒険者登録をするときには、必ずといっていいほど、イベントが発生する。

チンピラ崩《くず》れな冒険者に絡《から》まれたり。

強面《こわもて》だけど、実は親切な先輩《せんぱい》冒険者と出会ったり。

ドジっ子受付嬢《うけつけじょう》が主人公のチートな能力に驚いて大声を上げ、周囲に知れ渡《わた》ったり。

どうか、良いテンプレを引けますように――祈《いの》る気持ちで、ギルド内に足を踏み入れた。

むわっとする熱気と喧騒《けんそう》。ギルドの一階にあるのはカウンターと酒場。熱気と喧騒の原因は酒場に集まった冒険者たちだった。昼間から五〇人近い人間が酒を飲みながら騒《さわ》いでいる。とても行儀《ぎょうぎ》がいいとは言えない飲み方だ。

慣れていない俺は戸惑《とまど》いを覚えたが、またもや、ディズに手を引かれ、受付カウンターへ向かう。彼女は場慣れしているようだ。頼りになる。

「いらっしゃいませ、冒険者ギルド、メルキ支部へ。受付担当のモカと申します。本日はどういったご用件でしょうか」

モカさんは二十歳《はたち》すぎぐらいの綺麗《きれい》な猫人族《ねこじん》の女性だった。猫人族の血は薄く、ほとんど人族。その特徴《とくちょう》が分かるのは頭でピコピコ揺れるカワイイ猫耳くらいだ。

「冒険者登録お願い。私とこっちのロイル。二人ね。それとパーティー登録も」

「かしこまりました。ロイルさん、兜は脱《ぬ》いでくださいね」

「あっ……」

せっかく緊張しないように被ったのに……。

モカさんにじっと見られ、泣く泣く兜を取る。

「ぽっ……」

兜を外しても、モカさんの視線は俺に釘付《くぎづ》けだ。

「なっ、なにか？」

新人なのにオッサン過ぎて驚いてるんだろう。恥ずかしい。

睨《にら》まれたり、バカにされたり、そういう視線には慣れている。だけど、こういう視線は初めてで、彼女の意図が掴《つか》めない。

「いっ、いえっ、手続き始めますね」

どこか、慌《あわ》てた様子でモカさんは説明を始めた。

手続きの途中《とちゅう》で何度か質問されるが、兜がない俺は「うっ」とか「えっ」としか言えない。代わりにディズが答えてくれた。

冒険者についての説明を受けるが、ランクやら、クエストやら、ギルド貢献度《こうけんど》やら、情報量が多すぎて、途中からついていけなくなった。ディズはしっかりと理解しているようなので、分からないことは後で彼女に聞けばいいだろう。

「パーティー名はどうしましょう？」

「『アルテラ・ヴィタ』だよ」

昨晩、二人で考えた名前だ。俺もディズもクビになった身だ。『新しく人生をやり直す』という意味を込めて、古代語の『アルテラ・ヴィタ』という名に決めたのだ。

「良い名前ですねっ！」

告げたのはディズなのに、モカさんはなぜか俺の顔を見ている。

「――では、こちらがお二人の冒険者タグになります」

モカさんに首から下げるネックレスのような物を渡される。金属のチェーンに金属プレートのタグがついているものだ。

「紛失《ふんしつ》した場合は、再発行に手数料がかかりますので、くれぐれも失くさないようご注意下さい」

受け取った冒険者タグを首から下げる。これで俺たちも冒険者になったわけだ。

死ぬまで一生門番だと思っていたのに、気がついたら別の道を歩むことになるとは、まったく想像していなかったな……。

不思議な感慨を胸に、カウンターを離《はな》れる。

去り際に、モカさんが小さく手を振ってくれる。俺の緊張を和《やわ》らげようとしてくれたんだろうな。

ディズといい、フローラさんといい、モカさんといい、みんな親切だ。こんないい人たちに出会えて、俺は幸せだな。

照れくさくなった俺は兜を被り、表情を隠した。

――なにはともあれ、さあ、いよいよダンジョンだッ！

だが、浮かれていた俺は、すっかり忘れていた。なんのイベントもなしに、冒険者登録が終わるはずがないってことを――。

◇◆◇◆◇◆◇

ロイルとディズが冒険者登録を行っている間、二人の背中に酒場中の視線が集まっていた。

昼間っから酒場で飲んだくれているのは、今日が休日の冒険者たち。酒を飲んでリフレッシュするのが主目的だが、彼《かれ》らにはもうひとつ酒場でたむろしている理由があった。

「よお、ミゲル。今回はハズレだな」

「ツイてねえな。ははは」

「ご愁傷《しゅうしょう》さま」

ミゲルと呼ばれた鬼人《きじん》の男に、周囲から同情半分、からかい半分の声がかけられる。彼はロイルと同年代のベテラン冒険者。この年まで冒険者を続けられただけあって、数々の死線をくぐり抜けてきた。

並大抵《なみたいてい》のことでは動じない彼が、冷《ひ》や汗《あせ》を垂らしながら、受付カウンターの二人から目を離せないでいる。

少女の方は高貴な顔立ちに、上位冒険者が身に着ける高級装備。しかも、下ろしたばかりの新品だ。

そして、男の方は、年季の入ったフルプレートアーマーだ。

知らない者からすれば、どう見ても貴族の令嬢《れいじょう》に護衛の騎士《きし》だ。

令嬢は珍《めずら》しいケースだが、やんちゃな貴族の次男坊《じなんぼう》、三男坊《さんなんぼう》が冒険者の真似事《まねごと》をするのはよくあることだ。

護衛の騎士に守られて、弱ったモンスターを倒《たお》すだけ。ハイキングみたいなダンジョン探索だ。大抵はすぐに飽《あ》きるか、逃《に》げ出すか。一週間後には見かけなくなるだろう。

ただ――。

「可愛《かわい》いお嬢《じょう》ちゃんはともかく、あのデカいのはヤバいだろ……」と呟くミゲルは冷や汗が止まらなかった。

「ビビってんのか？」

「ああ……悔《くや》しいが、認めるよ。ちっ、ツイてねえ……」

「やめとくか？」

「アレなら逃げても誰も文句言わねえよ」

「そういうわけにもいかんだろ…………ハア」

ジョッキに入ったエールをひと息で飲み干し、ミゲルは立ち上がる。

できるなら今すぐ逃げ出したい。だが、責任感の強いミゲルはその気持ちをギュッと握《にぎ》りつぶし、二人のもとへ足を運んだ。

そんな中、酒場の奥《おく》でひとりの少女がロイルをジッと見ていた。

「やはり、あのお方は只者《ただもの》ではないです」

昨日ロイルの新拠点を訪《おとず》れた少女だ。

今日のロイルからは昨日より強大な魔力を感じる。緊張のあまり、周囲にロイルの魔力が少し漏《も》れていたからだ。普通《ふつう》の人には気づかれない微量《びりょう》な漏れだが、彼女だけがそれに気づいていた。

「あの魔力量……」

彼女はこの街一番の魔術師。魔力と魔術に関しては、彼女の右に出る者はいない。優秀《ゆうしゅう》な彼女は漏れてくる魔力だけで、ロイルの魔力量の底知れなさを感じ取っていた。

彼女より、そして、彼女の師匠《ししょう》よりも多いと思われる魔力量を持つ男。

「ああ、あのお方こそ、私が求めていたお方です……」

頬を上気させる彼女の呟きは、誰の耳にも届かなかった。

◇◆◇◆◇◆◇

「よお、お二人さん」

俺《おれ》とディズが冒険者登録を済ませたところ、男に声をかけられた。

おっ、イベントだ。待ち望んでいたイベントにドキドキする。胸糞《むなくそ》なイベントじゃないといいな。

年は俺と同じくらい。歴戦の冒険者だろう。使《つか》い込《こ》まれた皮鎧。腰《こし》には長剣《ちょうけん》を差している。格好《かっこ》いい。そして、俺よりデカい。

額に生えるツノ——鬼人だ。

「今、登録したばかりだろ？」

「うん。なにか用？」

しゃべれずにいる俺の代わりにディズが応じる。本当なら、俺も対応しなきゃいけないのに……。ディズには頼りっぱなしだ。情けない思いだが、口は動いてくれない。

「俺はミゲルっつーモンだ。二人に用がある。新人への洗礼ってヤツだ。ちょっと顔貸してくれ」

「うん、いいよ！」

ミゲルは少し声が震《ふる》えていた。怒《おこ》っているのか？　なにか、マズいことしたかな？

そんな俺の疑問をよそに、ディズは快諾《かいだく》する。どうやら、ダンジョン行きは少し遅《おく》れそうだ……。

どこかへ向かうミゲルについて行く。俺たちだけでなく、酒場にいた冒険者たちもほとんどついて来た。

話の流れから、だいたい予想がついた。向かったのはギルドの裏手――訓練場のような場所だった。そこは開けた場所で、冒険者たちが剣を振ったり、魔術を飛ばしたりしている。

「おーい、例のヤツだ。空けてくれ」

ミゲルの呼びかけで、冒険者たちは動きを止め、訓練場の端《はし》に移動する。中央にぽっかりと空白が出来た。数十人の冒険者たちが輪になり、すっかり見物客気取りだ。

ミゲルが中央に歩み出て、俺たちに声をかける。

「軽い腕試《うでだめ》しだ。どっちでも良いからかかって来な」

「うん、じゃあ、私が――」

やる気満々で前に出ようとしたディズを手で制する。

フローラ嬢や伯爵たちへの応対。不動産屋での交渉《こうしょう》。装備品の買い物。冒険者登録――全部ディズに任せきりだ。

ここでもディズに頼るようなら、俺はただのオマケの足手まといだ。それじゃあ、情けなさ過ぎるだろ……。

「おれ、が……」

格好良く「俺がやる。ここは任せろ」と言いたかったが、案の定、言葉が出てこなかった。それでも、ディズは察してくれた。俺を見上げ、「うん、任せたっ！」と笑顔を見せる。

その笑顔に勇気づけられた俺は、前に出てミゲルと対峙《たいじ》する。

「おっ、おまえか……」

「………」

ミゲルは顔をしかめた。相手が美少女じゃなくて、おっさんなのが気に食わないんだろうか。

「名前は？」

「ロイル……」

「そうか……」

ミゲルがどう思うかなんて知ったこっちゃない。俺は無言で槍を構え、戦意を示す。ハッタリなのだが、ミゲルは半歩下がった。

「いく……」

俺の言葉に、ミゲルも剣を構える。

「始めっ！」

誰かが開始の合図を出した。

俺もミゲルも武器を前に構えたまま動かない。勢いでこの場に出てしまったが――正直、俺は困っていた。打つ手がないのだ。

なぜだか理由は分からないが、俺は武器の扱いが致命的《ちめいてき》だ。俺が槍を振るえば、槍は俺の手を離れ、あらぬ方向へ飛んでいってしまう。

かといって、魔力《まりょく》で攻撃《こうげき》するわけにもいかない。ハイオークを倒《たお》した【すべてを穿つ《オムニス・カウウス》】を使えば、間違《まちが》いなく一瞬《いっしゅん》で勝てる。

しかし、俺の魔力攻撃は手加減が出来ない。俺が攻撃した次の瞬間、ミゲルの身体はき

れいさっぱり消失してしまう。ただの腕試しで人を殺すわけにはいかない。

ハッタリで向こうが降りてくれることを期待したのだが、さすがはベテラン冒険者。そんなに甘《あま》くはなかった。さて、どうしたものか？

こんな場合は、たしか――。

□□□□□□□□□□□□□□□□□

ダンジョン最深部――封印《ふういん》されし邪神《じゃしん》が眠《ねむ》る部屋。

長く過酷《かこく》な道のりを経て、俺とアリスはここにたどり着いた。ここまで来るのに三年――

――だが、間に合った。

巨大《きょだい》な空間だ。見上げても天井《てんじょう》が見えないほど。その中央には禍々《まがまが》しい祭壇《さいだん》がある。

「ここに魔眼《まがん》のバロルが……」

魔眼のバロル――。はるか太古に封印されたと言われる邪神。

コイツの封印が解ける前に葬《ほうむ》る。そのために俺とアリスはやって来た。

「邪悪《じゃあく》な空気だね、お兄ちゃん」

「ああ」

隣で震えているのは義妹《ぎまい》のアリス。怯《おび》えているのではない、武者震《むしゃぶる》いだ。強敵を前に、血が騒ぐのだろう。

バロルが完全覚醒《かくせい》したら世界が終わる。人類滅亡《めつぼう》を避《さ》けるため、俺とアリスはコイツを倒す。まだ完全に力を取り戻《もど》していないうちにコイツを葬る。

倒し方は知っている。ただし、チャンスは一度きり。絶対に失敗は許されない。

「ヤツの攻撃も魔術《まじゅつ》も俺がすべて防ぐ。攻撃は任せた」

「うん、お兄ちゃん。死なないでね」

「ああ、俺がそう簡単に死ぬと思うか？」

「ねえ、お兄ちゃん。ここから帰ったら――」

「ダメだ。そこから先は言っちゃダメだ」

「うん」

俺が護《まも》り、アリスが攻撃する。一撃《いちげき》でバロルを葬り去る。

「アリス、いいか？」

「うんっ！　いつでもいいよ」

アリスは聖剣《せいけん》フツノミタマを構える。小柄《こがら》な彼女《かのじょ》には大きすぎる剣だ。

だが、アリスは【剣聖《けんせい》】――彼女が、彼女だけが聖剣を使いこなせる。

アリスは聖剣にオーラを纏《まと》わせ、いつでも【最終奥義《ノヴイシマ・インペトゥム》】を放てるように準備する。

それを確認《かくにん》した俺は、祭壇に向かって開封《かいふう》の宝玉を投げる。祭壇にぶつかった宝玉が砕《くだ》け、祭壇がゴゴゴッと震える。

「さて、そろそろお出ましだ」

アリスの一歩前に出る。なにがあっても、アリスは守る。俺の命に代えても。

そして、俺が使える最強の防御障壁《ぼうぎょしょうへき》を発動させる――。
□□□□□□□□□□□□□□□□□□□
『――【絶対不可侵隔絶空間《オムニノ・ノモレスト・セパラテイオ・ロウクス》】』

呟くと同時に、フルプレートアーマーと兜を魔力の膜《まく》で覆《おお》う（という設定だ）。

これで、たいていの攻撃は防げる（といいな）。攻撃が通じなければ、ミゲルもそのうち諦《あきら》めてくれる（よね？）。

いまいち自信がないが、俺には信じるしかない。

俺も動かず、ミゲルも動かない。手《て》に汗握《あせにぎ》る時間がしばらく続き――。

「早くしろ～！」と無責任なヤジが飛ぶ。

「チッ――」ミゲルが吐《は》き捨て、突進《とっしん》してきた。

俺は動かない。ミゲルの迫力《はくりょく》に腰が引きそうになるが、それでも動かない。本当は逃げ出したいが、根性《こんじょう》で動かない。下手に動いたら、素人《しろうと》だとバレてしまうからだ。だから、俺は動かない。

堂々と立ち、その程度の攻撃は動くまでもない――と強者の風格をかもし出すのだ。兜をかぶっていて良かった。もし、素顔《すがお》を晒《さら》していたら、ビビっているのがバレバレだ。

俺の泰然自若《たいぜんじじゃく》な態度に、ミゲルは一瞬ひるんだ表情をみせるが、それはすぐに消え去る。そして、勢いそのまま、プレートアーマーの弱点――関節部を狙《ねら》って突《つ》きを放ってくる。

俺は自分の魔術が本物であることを祈って、ギュッと目をつぶる。

ミゲルの刺突《しとつ》はキィンと高い音で弾《はじ》かれた。魔力のおかげで、俺はノーダメージ。

ふぅ、怖かった。でも、これなら大丈夫《だいじょうぶ》だ。俺は安心する。

「クソッ――」

その後もミゲルは何度も攻撃してくるが、俺は突っ立っているだけ。突っ立っているのだけは得意《とくい》だ。【絶対不可侵隔絶空間《オムニノ・ノモレスト・セパラティオ・ロウクス》】がすべてを弾き返してくれる。

やがて、剣《けん》での攻撃が通じないと悟《さと》ったミゲルは、戦法を切り替《か》え、肩《かた》を前に突き出し、俺目がけて突進してくる。

「うおりゃあああ！」

裂帛《れっぱく》の気勢とともに体当たり——俺を転ばせるつもりだろう。狙いは悪くない。

フルプレートアーマーは鉄壁《てっぺき》の守備力を誇《ほこ》るが、その重さが弱点になる。一度転んだら、起き上がるのは容易ではない。

狙いは悪くないが、【絶対不可侵隔絶空間《オムニノ・ノモレスト・セパラティオ・ロウクス》】が衝撃《しょうげき》をはね返す。

結果——弾き飛ばされたのはミゲルの方だった。突進の勢いそのまま、ミゲルは地面を転がる。ミゲルが起き上がる前、その首元に槍を突きつける。

「……まだ……やる？」

「………………降参だ」

ミゲルは負けを認め、うなだれた。

ふぅ……無事に勝てて良かった。

内心はずっとビクビクだったが、結果的には俺の完勝。【絶対不可侵隔絶空間《オムニノ・ノモレスト・セパラティオ・ロウクス》】のおかげだ。

勝利の余韻《よいん》の中、いつ、どうして、この魔術が生まれたのか思い出した。

立っているだけの門番。モンスターの襲撃《しゅうげき》は皆無。それでも、日々、強敵との戦いが待ち受けていた。

門番にとっての一番の大敵。それは――――ヤブ蚊《か》だ。

普通の人にとっては、なんてことのないヤブ蚊。鬱陶《うっとう》しいけど、手のひらパチンで倒せる相手。しかし、身動きのとれない門番にとって、その脅威《きょうい》は計り知れない。

加えて、俺の装備はフルプレートアーマー。一度中に入られたら最後。後はヤブ蚊のやりたい放題。思うがまま、一方的に蹂躙《じゅうりん》されるのだ。

その上、どんなに痒《かゆ》くても、俺は動けない。動いてはならない。歯を食いしばって、長時間痒みに耐《た》えなければならないのだ。俺にとっては、どんなモンスターよりも、はるかに恐《おそ》ろしい相手だった。

そんな脅威の相手だが、ある日を境に俺を襲《おそ》ってこなくなった。当時はラッキー程度にしか思っていなかったが、無意識のうちに【絶対不可侵隔絶空間《オムニノ・ノモレスト・セパラテイオ・ロウクス》】を発動していたのだろう。

ヤブ蚊の脅威から解放され、俺の門番生活は格段に快適になり、妄想《もうそう》に集中できるようになった。

ほとんどすべてのものを防ぐ魔術障壁《しょうへき》。しかし、完璧《かんぺき》というわけではない。

俺を見て怯える子どもの視線。北門で働く人たちの冷たい視線。騎士団員《きしだんいん》からの侮蔑《ぶべつ》の視線。

刺々《とげとげ》しい視線は魔術障壁をすり抜《ぬ》け、俺のメンタルをゴリゴリと削《けず》った。

そんな苦々しい過去を回想していると――。

「ロイル、やったね！」

駈《か》けてきたディズに抱《だ》きつかれる。満面の笑《え》みとともに。

浮《う》かれて騒ぐディズとは対照的に、ギャラリーはしーんと静まり返っている。そんな中、立ち上がったミゲルが声をかけてくる。「ロイル。強えな、おい」と晴れやかな笑顔だった。変に逆恨《さかうら》みしたりせず、素直《すなお》に俺を褒《ほ》めてくれる。

それをきっかけに、ギャラリーから歓声《かんせい》があがる。

俺の勝利を認め、讃《たた》えてくれたようだ。

◇◆◇◆◇◆◇

戦いの余韻が収まった頃《ころ》――ひとりの男が俺の前に歩み出た。
「名のある騎士殿《きしどの》とお見受けした。我が輩《わはい》はムネヨシ。強き者を求め旅する武芸者。ひとつ手合わせ願えないだろうか？」

ボロボロの着物に、腰に帯びた刀。自分で言うように、放浪《ほうろう》の剣士《けんし》といった風体《ふうてい》だ。そんな男に戦いを挑《いど》まれたけど……。あれか、いわゆるバトルジャンキーって奴《やつ》かな？

そんな人がなんで俺に？　俺は突っ立ってただけだぞ？

しかし、男は絶対に譲《ゆず》らぬと、俺を睨みつける。うーん、なんか面倒《めんどう》くさくなってきた。

よし、断ろう！

「いっ、いや……俺……たいしたこと……ない」

「ほう。あれほどの強さを示しても驕《おご》らないとは、素晴《すば》らしき御仁《ごじん》。まさに武人の鑑《かがみ》」

うわ、思い込み激し過ぎだろ。これはなにを言っても通じないパターンだ。

「えーと…………」

俺はなんとか言い訳を考えるために時間を稼《かせ》ごうとするが――。

「だが、しかし――」

――えっ？

ムネヨシの姿が消えたと思ったら、顔の前に刀が突きつけられていた。

危ない！

もし、ムネヨシがその気だったら、斬《き》られていた。

なに、この人、コワい！

「ほう。これでも一切、動じないとは」

いやいやいや。まったく反応できなかっただけだって。だが、勘違《かんちが》いしたムネヨシは剣《けん》呑《のん》な目つきになる。

「では、参る。構えよ」

いや、構えろって言ったって……。

「構えない、だと？」

「ジャマ……だ……必要ない」

俺は武器を全然使えない。だから「ジャマ（な）だ（け。どうせ使えないから）必要ない」そう言ったつもりだったが、口が上手《うま》く回らない。

「ずいぶんと舐《な》められたものだな。我が輩はさっきの鬼人とは違うぞ」

「二人とも……違……わ……ん」

やっぱり、上手くしゃべれない。俺が言いたかったのは「二人とも（俺よりずっと強いから）違（いが）わ（から）ん」だ。

「クッ」

あれ、なんか怒らせちゃった？

ほんと、この人ナニ考えてるかまったく分からない。だが、俺の思いをよそに、男は刀を構え、やる気満々だ。えー、どうすればいいの？

どうしても諦めてくれなそうだし、周囲のギャラリーはノリノリで期待している。うーん。さっきのミゲル戦みたいに好きなだけ打たせて、諦めさせるしかないのか？

面倒くさいなあと思っていたら、ディズが助け船を出してくれた。

「師匠、ここは私めにお任せを。師匠を煩《わずら》わせるまでもありません」

はっ？　えっ？　いつ俺がディズの師匠に？

ディズは目を輝《かがや》かせて、口元を獰猛《どうもう》に歪《ゆが》ませる。彼女の意図が掴めないけど、俺にとっても、ムネヨシにとっても都合がいい。

「戦う……なら、……ディズ……がいい」

よし、今度はちゃんと伝えられた。俺はしょせん、ちょっと硬《かた》いカカシみたいなもんだ。同じ戦うなら、ちゃんとした物理職のディズ相手の方がムネヨシのためだろう。

だが、ムネヨシは俺の言葉に顔をしかめる。

「……戦いたければ、まずは弟子《でし》を倒せということか。よかろう。その小娘《こむすめ》ごとき、一刀のもとに斬り伏《ふ》せてみせよう」

「へえ、できるかな？」

二人は向かい合って立つ。

ムネヨシは刀を抜きだらりと下げる。一方、ディズは胸の前で拳《こぶし》を打ち付ける。

「いつでもかかって来い」

「じゃあ、いくよー」

『――【爆裂拳打《ブラストビート》】』

――ズドオオオオォォォン。

次の瞬間《しゅんかん》、ディズの拳がムネヨシの胸に深くめり込んでいた。ムネヨシは「ぐっ……」と血を吐き、意識を手放して倒れる。

しーん、一瞬の間の後、ギャラリーが爆発《ばくはつ》したような歓声を上げる。

「期待の大物ルーキー二人に祝杯《しゅくはい》だッ！」

その次には、俺とディズは先輩冒険者たちに揉《も》みくちゃにされていた。

ひとしきり歓迎《かんげい》された後、「なあ、お嬢ちゃん」とミゲルがディズに話しかけてきた。

「ディズよ」

「ああ、すまん。ディズ、お前さんは貴族か？」

「あら、そう見える？　でも、残念。私は深窓のご令嬢でもないし、冷やかしでもないわ」

ディズは不敵な笑みをミゲルに向ける。

「試《ため》してみる？」

「いっ、いや……遠慮しておく」

「残念だな～、まだ遊び足りないのに～」

「恐ろしいな。ムネヨシは俺よりも強いぞ」

「そうなの？」

「ああ」とミゲルは引きつった表情で答える。

俺も驚《おどろ》く。ディズは腕《うで》っ節《ぷし》に自信があると言っていたが、ここまでとは思っていなかった。彼女の強さに鳥肌《とりはだ》が立った。

◇◆◇◆◇◆◇

戦いが終わると、そのままの流れでギルド酒場に連行され、歓迎会《かんげいかい》の名のもと、ひたすら酒を飲まされた。

どうやら、俺もディズも彼らの仲間入りを許されたようだ。

ディズは持ち前のコミュ力で先輩方と打ち解けていた。俺は相変わらず、まともに喋《しゃべ》れず、上手く輪には入れなかったけど、それでも楽しい時間だった。

騎士団時代は同期が盛り上がっていても、俺は輪の外でポツンと疎外感《そがいかん》を覚えるばかりだった。だけど、冒険者《ぼうけんしゃ》たちは俺を仲間と認めてくれた。

同僚騎士《どうりょうきし》からは「ちゃんとしゃべれよ」とバカにされたが、ここではそんな事も言われなかった。俺が上手く話せず申し訳なく思っていると、「いろんなヤツがいるから気にすることないよ」と笑って受け入れてくれた。

俺は「冒険者になって良かった」と「仲間として認められて嬉《うれ》しい」と心の底から思えた。

ミゲルからは今回のイベントについても教わった。

新人冒険者というのは跳《は》ねっ返りで向こう見ずだ。そして、その多くが井《い》の中《なか》の蛙《かわず》だ。そのままでは、無謀《むぼう》なことをして取り返しのつかないミスを犯《おか》しかねない。それを防ぐため、一度鼻っ柱を折っておく——この街の冒険者ギルドに伝わる慣習だ。

中級以上の冒険者が回り持ちで担当するらしく、ミゲルは不幸なことに、今日の担当だったそうだ。

「まあ、お前さんらには余計なお世話だったがな」と頬をかきながらボヤいていた。

でも、俺はそうは思わない。あの模擬《もぎ》戦があったからこそ、俺たちはみんなに受け入れられた。きっかけを作ってくれたミゲルには感謝の気持ちしかない。

それからもいろんな冒険者に声をかけられ、戸惑いながらも応対して、なんとか打ち解けて——幸せな時間が流れていった。

俺は冒険者のみんなの優《やさ》しさに心が温かくなる。バカにされ、無視され、嫌《いや》がらせされた騎士団時代では考えられないことだ。こんなに美味《おい》しい酒は初めてだ。

感慨《かんがい》に浸《ひた》り手酌《てじやく》しながらまったりしていると、「あのー」と声をかけられた。

見ると、そこにいたのは昨日の魔女《まじよ》っ子だった。目が合い「あっ……」と気まずくなる。

「ロイルさんって言うんですね」と彼女は昨日のことを気にしていないように話す。

「うっ、うん」

彼女の勢いに押《お》され、謝罪の言葉が口をついて出る。

「昨日は……ごめ、ん」

「いっ、いえ。私の方こそ、いきなり押しかけてごめんなさい」

彼女は一度頭を下げてから、強い口調で切り出す。

「お願いがあります」

「ん？」

「私はサンディといいます。どうか、この私を弟子にしてくださいっ！」

「え、っ？」

まったく予想していない言葉だった。ポカンと口を開ける俺に彼女《サンディ》は続ける。

「常人には気づけなくても、私の目は誤魔化《ごまか》せません」

サンディはピシッと俺を指差す。

「さっきのミゲルさんとの戦い。みんなは鎧《よろい》と防御力《ぼうぎょりょく》で防いだと思ってます。ですが――」

俺はゴクリと息を吞《の》む。

「――あれ、魔術ですよね？」

そう言われても返答に困る。なぜなら、自分でもあれが魔術かどうか分かっていない。

どうして、サンディはあれを魔術だと思ったんだろう。黙《だま》る俺にサンディはさらにグイグイ迫《せま》ってくる。

「昨日、レイスを浄化《じょうか》したのも師匠の魔術ですよね？」

許可したつもりはないのに、師匠呼びされてる！

サンディの行動原理が理解できない。怖《こわ》い！

「師匠っ！　どうか、私を弟子にして下さいっ！」

俺の気持ちはまったく無視して、彼女が深々と頭を下げる。

いやいやいや、ちょっと待ってよ。なんか使ってみたら使えただけで、しかも、数日前に使えるようになったばかりだ。とてもじゃないが他人に教えられるレベルじゃない。たしかに、弟子から師匠と呼ばれるとか憧《あこが》れる。ものすごく憧れる。「さすがです、師匠っ！」とか、俺も言われてみたい。

だけど、それはもっともっと先の話だ。今は自分のことで手一杯《ていっぱい》。常識を学んで、ちゃんと人付き合いできるようになる。それが最優先だ。そう思って——。

「……ま、だ…………はや、い」

俺の言葉にサンディは悔しそうな顔をする。ん？　どうした？

なぜ、サンディがそんな顔をするのか、理解できなかった。コミュ障の俺には、出会ったばかりの相手の表情を読むのは難しすぎる。

「……くっ、……………精進《しょうじん》します」

サンディはなにかを堪《こら》えるようにして、言葉を絞《しぼ》り出した。

精進します？　ん？　なんか勘違いしてる？

まあ、いいや。サンディがなにを勘違いしているのか気になるけど、それを問い詰《つ》めるだけのコミュ力は俺にはない。

「でも、私は絶対に諦めませんっ！　必ずや師匠に認めていただけるようになりますっ！」

そう言い残して、サンディは走り去った。

うーん、最後まで意味が分からない。伝わってきたのは頑張《がんば》ろうという意志だけだ。思い込みが強くて不思議な子だったけど、悪い子じゃない。早く彼女が一人前になれるよう俺も祈《いの》っておこう。その頃には、俺が師匠に値するような人物ではないと気づくだろう。

ともあれ、俺としては上手くやれたと思う。サンディの思い込みが激しかったせいで、いまいち会話は噛《か》み合っていなかったけど、ちゃんと「俺が弟子を取るにはまだ早い」と伝えられたし、サンディも納得《なっとく》してくれた。コミュ障の俺にしてみれば、百点満点の応対だったろう。

ムネヨシといいサンディといい、冒険者ってのは思い込みが激しい人が多いんだな。

結局、宴会《えんかい》が終わって解放されたのは、だいぶ夜も更《ふ》けてからだった。今日もダンジョンに行けなかったな……。

◇◆◇◆◇◆◇

ギルド酒場が盛り上がっている頃。喧噪《けんそう》から離《はな》れたギルドマスターの執務室《しつむしつ》で二人が話し合っていた。

ひとりは受付嬢《うけつけじょう》のモカ。

そして、もう一人は部屋の主であるギルドマスターのガラップ。四〇間近であるのに、ガキのまま大人になったような男だ。彼は渡《わた》された書類に目を落とし顔をしかめる。

「二人とも初めての冒険者登録でしたよ」

「で、どんなヤツらだった？」

「イケメンですっ！」

「いや、そうじゃなくて……冒険者としてどうかってこと」

「イケメン騎士ですっ！　ピンチに颯爽《さっそう》と現れて私を助けてくれる騎士様ですっ！」

「いや……まあ、いい。さっき騒《さわ》いでいたのも、コイツらが原因か？」

「そうなんですよっ。ミゲルさんを簡単に倒しちゃいました。あ〜あ、私も見たかったなあ。カッコ良かったんだろうなあ」

「分かった分かった」

なにを言っても無駄《むだ》だと、ガラップは受け流す。

「それで、もう一人は？」

「多分ですが、少女の方は教会がらみかと」

「う～ん……。サラクン騎士に、聖教会の関係者か……」

ガラップは書類をテーブルに投げ出し、こめかみを押さえる。

「とりあえずは、様子見だな」

「ばっちり観察しておきますよ。なんだったら、情報を引き出すために、食事に誘《さそ》いましようか？」

「いや、そこまでしなくていい。なにかあったら、報告しろ。もう、下がっていいぞ」

「は～い。失礼しま～す」

一人残されたガラップは大きく息を吐く。

「厄介《やっかい》ごとが起きなきゃいいんだがな……」

◇◆◇◆◇◆◇

宴会が終わり、拠点《きょてん》に戻ったときには、すでに夜中だった。

拠点のリビングでさっきのサンディとのやり取りをディズに伝えると、「あちゃー」という顔で額に手を当てる。あれ、なんか、まずかった？

「だ、め………だった？」

「えーとねえ……」

ディズが渋《しぶ》い顔をしている。

「その調子だとなにがダメだったか、それすらも分かっていないみたいね」

「う、ん」

「彼女のこと、どう思った？」

「思い込み…………はげし、い……新人…………かと」

「…………」

ディズは黙り込む。そして、はぁと大きく溜《た》め息《いき》を吐く。

「どうしてそう思ったの？」

「コスプレ……して、た」

彼女は首を横に振《ふ》る。

「まず、最初に。彼女はトップクラス冒険者よ。多分、この街一番の魔術使いね」

「コスプレ……じゃ……な、い？」

「あー、知らないと分からないかもねっ。彼女の装備はどれも特級品。決して、コスプレしてるわけじゃないわ」

俺はそれをわからず、物語《フイクシヨン》の大魔術使いに憧れたコスプレだと思っていた。恥《は》ずかしい……。

「そ、う……なの？」

「それをコスプレ呼ばわりとはね」

「ごめ、ん」

「ううん。ずっと門番やってたんだもんね。分からなくても、しょうがないよ」

「もし、かして……有名？」

「ええ。冒険者新聞にもよく載《の》る有名人よ。魔力量も冒険者としてはトップクラス。宮廷《きゅうてい》魔術師《まじゅつし》でもおかしくないわ」

「そう……だっ、た……のか」

そんなスゴい人だったのか……。

「まあ、過ぎたことはしょうがないわ。あながち、ロイルが悪いわけでもないし。あまり気にしないことね」

「う、ん」

「それと、なんで彼女は悔《くや》しい顔をして去って行ったと思う？」

「……え、…………っと……」

俺《おれ》が「弟子を取るにはまだ早い」と伝え、サンディも納得してくれたが、その顔はなぜか悔しそうだった――とディズに伝える。

「彼女は『おまえは実力不足で、弟子入りするにはまだまだだ』って言われたと思ったのよ」

「……えっ…………？」

そんな誤解をしていたのか……。本当に彼女には悪いことをした。トップ冒険者に対して、かなり失礼な態度をとってしまった。今度会ったらちゃんと謝《あやま》ろう。

「あはははっ。やっぱ、ロイル面白《おもしろ》いっ！　サイコーよっ！」

ディズは腹を抱《かか》えて笑っている。

「うっ…………」

「まあ、今度あったら、ちゃんと話してみましょ。悪い子じゃなさそうだし」

「うっ……う、ん」

いや、それにしても、ディズはよくもここまで人の気持ちを理解できるものだ。俺も練習をつめば、ディズみたくなれるんだろうか……。

「一五年間もずっと話してなかったもんね。あせらず、コミュニケーションの練習してこ。私が相手になるからね」

「う、ん……あり、がと」

「じゃあ、さっそく――」

その後ディズは遅《おそ》くまで俺の会話練習につき合ってくれた。

少しはマシになった気がしたが、他の人とも上手く話せるようになるといいな……。

第3章 冒険者生活スタート！

翌朝、俺とディズは冒険者ギルドへ向かっていた。

「ロイル、嬉しそうだねえ」

「ああ、……やっと、…………ダンジョン」

伯爵家《はくしゃくけ》に招待されたり、拠点を確保したり、ギルドで先輩《せんぱい》冒険者たちとイロイロあったりと、中々ダンジョンに入ることが出来なかった。

俺としては、ここメルキの街に着いたら、すぐにでもダンジョンに潜《もぐ》れるものだと思っていたから、二日間のお預けはずいぶんと長く感じられた。

しかし、それももう終わりだ。今日こそ、俺たちはダンジョンに潜れる……よね？

昨日はワクワクして寝《ね》つけなかった。様々な冒険譚《ファンタジー》を開き、初めて主人公がダンジョンに潜るシーンを読み返した。

新たな出会いを迎《むか》える主人公。

チート能力で無双《むそう》する主人公。

強敵の出現に苦戦する主人公。


いろんなタイプがある。俺の初ダンジョン探索《たんさく》はどんなものになるだろうか……。

そんな妄想をしていて、ついつい夜更《よふ》かししてしまったが、いつも通り日が昇《のぼ》る前に目が覚めた。長年の習慣は身体にきっちりと染《し》み付いているようだ。

「そんなにダンジョンに潜りたい？」

「う、ん」

「あはは。やっぱり、ロイルって面白い」

「…………」

「ごめんごめん。バカにしたわけじゃないよ。良い意味でだよ」

「良い……意味？」

「ええ。ロイルといると楽しいってことっ」

朝から眩《まぶ》しい笑顔《えがお》を向けられると、なにも言えなくなってしまう。

「ほら、行こっ。さっさと準備済ませて、ダンジョンへ潜ろっ」

「うっ、うん……」

俺たちはダンジョンに潜る前に、冒険者ギルドへ寄り道する。ダンジョンの情報を得るためだ。

「うわー、やっぱり、朝は混んでるなあ」

朝のギルドは混み合い、受付には行列ができている。ディズと並んでいると、入り口から騒がしい物音がした。振り返ると一人の男が駈け込《こ》んできたところだった。息も絶え絶えだ。ここまで全力で走ってきたのだろう。男は呼吸を整えると、大声で叫《さけ》んだ。

「スタンピードだッ!!!　エストの森でハイオークの大群が現れたッ!!!」

男がもたらした一報にギルド内が騒然《そうぜん》となる。

――スタンピード。

大量発生したモンスターが一団となり、街に向かって突進する危機的な事象であるが、数十年に一度、起こるか起こらないか。

俺がサラクン北門の門番をやっていたのも、街の北にある森でスタンピードが発生したときの備えという名目だったが、一五年間一度も起こらなかったし、誰《だれ》も起こるなんて思っていなかった。

なんでよりによって俺のダンジョンデビューのタイミングでこんなレアイベントが起こるんだよ……。

「ありゃりゃ、これはダンジョンどころじゃないか」

「…………う、ん」

殺気立つギルド内、とてもじゃないが「今からダンジョン行って来まーす」なんて言える雰囲気《ふんいき》ではない。

ちなみにエストの森は街の東側に位置する森で、俺たちがフローラ嬢《じょう》の馬車を助けた場所だ。

「普段《ふだん》は安全だってフローラが言ってたけど、やっぱ、アレは前兆だったみたいだね」

「う、ん」

あの時は慌《あわ》てていて森の一部しか探知していなかった。

もし、森全体を調べていたら、発見できていたかもしれない。

後悔《こうかい》はあるけど、あの状況《じょうきょう》で完璧に対応するのは俺には無理だった。

「それにしても、大騒《おおさわ》ぎだね」

冒険者たちは皆《みな》、浮き足立ち、ギルド職員は緊迫《きんぱく》した様子で話し合っている。

そんな中、一人の男が大声をあげた。

「おう、テメーら、緊急依頼《きんきゅういらい》だッ。Cランク以上の冒険者はエストの森に向かえッ！」

知らない男だったが、周囲の冒険者の声から、その男はギルドマスターのガラップだと分かる。確かに、あの貫禄《かんろく》と威圧《いあつ》感は只者《ただもの》ではない。

ガラップの声で、ざわついていた空気がピシリと引き締《し》まる。そして――。

「おう、行くぞッ！」

「オークめ、ぶち殺してやるッ！」

「この街は俺たちが守るっ！」

血気《けっき》盛《さか》んな冒険者たちが、早くも勇んで飛び出して行く――。

「どうしよっか？」とディズが俺に尋《たず》ねる。

冒険者に成り立ての俺たちはFランク。緊急依頼の対象ではない。

それに、ハイオークは先日、倒《たお》したばかりだから、あまり惹《ひ》かれない。

それよりも――。

「ダンジョン……行き、たい」

「あはは、この状況でそれ？」

「ごめ、ん……」

「ううん。ロイルの素直なとこ好きだよ」

ディズに「好き」と言われ、ドキッとなる。

「でも、これが終わるまではダンジョンは無理だよね」

「う、ん」

「だったら、私たちもエストの森に行こっか？　私とロイルが加われば、その分、早く終わるんじゃない？」

「う、ん」

「じゃあ、行こっ！　カッコいいとこ見せてねっ！」

ディズに手を掴《つか》まれ、東門に向かう。

いち早く駆けつけようと走る冒険者。急ぎ足で向かう冒険者。みな、スタンピードのことしか頭にないのだろう。彼《かれ》らに交じり、ディズに手を引かれていく。

だが、俺はあることを思いつき、その場に立ち止まる。

「どうしたの？」

「ちょ、ちょっと……待って」

俺はフローラの馬車を助けた時のことを思い出す。あのときは確かこんな感じで――。

『――【世界を覆う見えざる手《ムンドウス・コウヴェ・インヴイジ・マヌス》】』

うん。やっぱり成功だ。俺の魔力《まりょく》はエストの森を覆い尽《つ》くし、森の中にいるハイオークを探知できた。全部で六二体。大騒ぎしているから、もっと多いかと思ったが、それほどでもなかった。

そして、都合がいいことに、冒険者たちは森の周辺で警戒《けいかい》していて、森の中には誰もいない。これなら誤射の心配もない。

『――【すべてを穿つ《オムニス・カウウス》】』

魔力を込めた指先から、大量の魔力弾《まりょくだん》が飛んで行く。近くに大勢の人がいるが、魔力弾は見えないので、俺がやったとは誰も気づかないだろう。しばらくして、森からハイオークの気配がすべて消えた。

「ねえ、今、なんかした？」

「うん……もう……おわっ、た……」

「えっ⁉」

「ぜん、ぶ……やっつ、けた」

「ほんとっ⁉」

「う、ん」

「いったい、なにを……ああ、そういうこと！」

「フローラ…………のときと……同じ」

「ロイル、凄《すご》い！」

ともあれ、これで一件落着。早くダンジョン行けるといいな……。

ディズと二人でギルドに戻《もど》る。未《いま》だギルド内は騒然としていた。

「ねえ、報告する？」

「いや……やめ、とく」

「まあ、言っても信じてもらえないよね。せっかくの大手柄《おおてがら》なのに残念」

ディズの言う通りだ。「目に見えない魔力弾でハイオーク六二体を全滅《ぜんめつ》させましたっ！」なんて言う奴、俺でも信じない。

「まあ、そのうち報告が来るから、それまで待ってようか」

「う、ん」

そんな会話をしていると、「あのー」と横から控《ひか》えめに声をかけられた。

そこに立っていたのは――魔女っ子サンディだった。

俺たちはサンディを連れ、ギルド酒場の端《はし》っこに移動する。

「何度もすみません。でも、どうしても我慢《がまん》できなくて……」

魔女っ子、いや、サンディは覚悟《かくご》したように切り出した。

「この子が例の子？」とディズに小声で尋ねられ、俺は頷《うなず》いて肯定《こうてい》する。

ディズは「へえ」とサンディを見て、ニッコリと笑う。

「サンディちゃんって言うんだっけ？」

「はいっ！」

「私はディズ。ロイルとパーティーを組んでるんだ。といっても、数日前に出会ったばかりだけどね」

「ディズさんですね。よろしくお願いしますっ！」

「まあ、座《すわ》りなよ」とディズは自分の隣《となり》に座るようにうながす。

サンディは「失礼します」と遠慮《えんりょ》がちに腰《こし》を下ろした。

「私は聞いてるから、二人でちゃんと話しなよ。ねっ、ロイル」

ディズはそう言うと、「ほら、コミュニケーションのいい練習よ」と視線で合図し、黙ってしまった。

仕方ないので、俺は尋ねる。

「……あっ、あの……なん、で？」

俺の問いかけにサンディはゴクリと唾《つば》を飲み込んだ。俺にそんな意図はなかったが、ぶっきらぼうな言い方で脅《おど》しちゃったみたいだ。

ディズに言われたけど、俺の喋り方は、口数少なく声も低いので、他人に威圧感を与《あた》えるらしい。このガタイと相まって、慣れない人には恐怖《きょうふ》なんだと。気をつけないと……。

サンディは一瞬怯《いっしゅんひる》んだ様子を見せるが、身体を前に乗り出し、強い意志がこもった視線で俺を見る。

「ひと目惚《めぼ》れですっ！」

「えっ……それ、って……」

一瞬《いっしゅん》、ドキッとしたが、すぐに我に返る。

俺は知っている。これが告白じゃないことを。非モテだから、知っている。


「いい人だよね」と言われたら、それは「どうでもいい人」という意味。

「話しやすいよね」と言われたら、「男としてみてないよ」という意味。

「彼女《かのじょ》いる？」と訊《き》かれたら、「彼女いなそうな顔だよね」という意味。

そして、「今度の休日、空いてる？」と訊かれたら、「空いてるなら、仕事代わって。彼《かれ》氏《し》とデートなんだ」という意味。

俺は書物からちゃんと学んでいる……。

「はいっ！　師匠《ししょう》の魔術《まじゅつ》にひと目惚れしたんですっ！」

うん。予想通り！

ふう。危ない危ない。勘違《かんちが》いしてたら大ダメージを受けるところだった。

「さっきの魔術で確信しましたっ！」

あっ……。

「スタンピードを魔術で壊滅《かいめつ》させたのは師匠ですよねっ！」

昨日も「私だけは分かるんです！」って言ってたし、やっぱり本職には分かっちゃうんだな。

うーん。嘘《うそ》はつきたくないし、かと言って、肯定することもできない。俺は口を閉ざすしかなかった。

サンディは構わずに続ける。

「レイスの除霊《じょれい》、ミゲル戦での障壁《しょうへき》――どちらも凄かったですが、アレは信じられないほどでしたっ！　極大魔術ですよねっ？」

「極大……魔術………」

その言葉は俺の心を鷲《わし》づかみにした。

□□□□□□□□□□□□□□□□□□□□

「相手は強敵だ。俺が極大魔術で倒《たお》す。それまで、時間を稼《かせ》いでくれッ！」

「「「任せてっ！」」」

そして、長い詠唱《えいしょう》の末、災害レベルの魔術を放って、強敵を一撃《いちげき》で葬《ほうむ》り去る。

「相変わらず、アンタの魔術は規格外ね」

「さすがです、ロイルお兄さま」

「ご主人様の魔術はいつも綺麗《きれい》でステキです～」

三人の美少女に褒《ほ》められて嬉しい。

「なに、これくらいたいしたことないさ」

□□□□□□□□□□□□□□□□□□□□

極大魔術――うん、やっぱりめちゃくちゃカッコいい！

サンディも俺と同じく極大魔術に憧れているようだ。俺と同じ趣味《しゅみ》だと知り、親近感が湧《わ》く。

「師匠？」

「うん……ごめ……」

妄想《もうそう》に浸っている俺を見て、サンディは不安そうだ。

「あれは師匠のオリジナル魔術ですよね」

「……た、ぶん」

自信はないが……。

「私の師匠、いや、元師匠よりも凄いですっ！」

「元……？」

「はいっ！　筆頭宮廷魔術師の大賢者《だいけんじゃ》様ですっ！」

「いやいやいや……」

なんか、もの凄い大物っぽいのが出て来たぞ。

そんな凄い人を元呼ばわりして、俺に乗り換《か》えるだと？

「その人……の方が……いい……よ」

「こう見えても、私は大賢者様の一番弟子《でし》。間違《まちが》いなく、大賢者様より師匠の方が上ですっ！」

「教え……られない」

「やはり……一子相伝とか、外には漏《も》らせない禁術なのですか……」

サンディの目に涙《なみだ》が浮《う》かぶ。気まずい空気だ。

ディズを見ても、ニコニコ笑顔で我関せずという態度だ。

「いや、ちがう」

俺の言葉に、サンディは涙を拭《ぬぐ》い笑顔を見せる。

「本当ですかっ！」

「う、ん」

「じゃあ、なんでダメなんですか？」

「……自分……でも……わか、んない。なんで……魔術……使える、のか……感覚……で……撃《う》ってる」

「えええっ！　凄いですっ！　そんな話、聞いたことないですっ！　ますます、弟子にしてもらいたくなりましたっ！」

教えられないと言ったはずなのに、なぜかサンディは目を輝《かがや》かせる。

うーん、凄い喰《く》いついてくる。どうしたものか……。

まあ、一度、魔術を見せてみよう。

「ちょっと……手を……貸して」

「はっ、はいっ！」

ワクワクした顔で、サンディが手を突《つ》き出す。

俺はその手に自分の手を重ねる。

柔《やわ》らかい。暖かい。スベスベだ。

ずっと触《さわ》っていたくなる。

ただ、これだと女の子の手を触りたいだけの、変態おっさんだ。

これにはちゃんと理由がある。

「今……魔術……みせる」

「ホントですかっ！」

「ああ」

俺は気持ちを入れ替《か》え、伝説の大魔道師《まどうし》に成りきる――。

遍《あまね》く息吹《いぶ》く生きとし生けるものよ。

其は皆、唯一《ゆいいつ》の原初より生まれし。

時と共に分かたれ、変化すれども。

其《そ》の根源、其の力、今も失われず。

時の流れに逆らい、我は今此処《ここ》に。

此処に彼の者に癒《い》やしをばへ与えん。


『——【大いなる生命の息吹《グランディス・ヴィータ・スピイリートゥム》】』


「えっ……凄いっ！」

ディズの怪我《けが》を治した治癒《ちゆ》魔術だ。だが、この魔術は怪我を癒やすだけではなく、気持ちをリラックスさせ、精神的な疲《つか》れをとる——という設定だ。

サンディの顔を見ると、それが正解だったと分かる。やっぱりだ。俺の魔術は俺の思い通りの効果が起こるんだ。

「ディズさん、……これは？」

「うん、違《ちが》うよ。神聖魔術じゃない」

「まったく聞いたことない詠唱です」

ああ、もちろんだ。ディズの言う通り、これは誰も知らない詠唱だ。なぜなら、俺のオリジナル詠唱だから。むしろ、知っている人がいたら怖い。

「師匠、どうか私を弟子にして下さいっ！」

サンディは勢いよく頭を下げる。

「頭……上げて……」

「いいえ、弟子にして下さるまで、絶対に上げません」

てこでも動かない、という強い意志が伝わってくる。

俺は視線をサンディからディズに向ける。

「ディズ……は？」

「私は賛成よ」

「なん……で？」

「だって、面白そうだし。それに可愛《かわい》いからね」

ディズは「よしよし」とサンディの頭を撫《な》でる。

……………。

まあ、悪い子じゃなさそうだし……。

ここで断っても、諦《あきら》めないだろうし……。

「わか……った」

「えっ！　いいんですかっ！」

「う、ん」

「じゃあ、あらためて、師匠と呼ばせてもらいますねっ！」

そういうわけで、俺は冒険者《ぼうけんしゃ》二日目にして、弟子を取ることになった。

◇◆◇◆◇◆◇

「じゃあ、サンディちゃんも加わったことだし、拠点に戻ろっ」

「うわあ、楽しみですっ！」

「あはは、まだ住み始めたばかりだから、あんま、面白くないよ」

「ああ、そうでした。数日前に来たばかりなんですよね」

二人の会話は気心の知れた友人のようだ。さっき知り合ったばかりとはとても思えない。

ディズだけではなく、サンディもコミュ力高い。まあ、俺相手にあれだけグイグイと迫《せま》るくらいだもんな。

二人の間では、すでに拠点に行くのが決定事項《じこう》みたいだ。

「ギルドはしばらく機能しないと思うし、それに――」

ディズは俺に向かって、にぱっと微笑《ほほえ》む。

「ロイルの魔力量を測らないとねっ」

「師匠の魔力量ですかっ！　すごい数値が出そうですっ！」

「魔力量……」

魔力量測定は騎士団入団時に一度やっただけ。そのときは一桁《けた》だった気がする。

しかし、今の俺は強力な魔術を使えるようになった。だから、魔力量は増えているはず。

どれくらいなのか、俺も気になるな。

「じゃあ、出発！」

「はい!!」

ディズは立ち上がり、ビシッとグーを突き挙げる。

サンディもそれに続き――二人の視線が「ロイルも早く」と告げる。

「おっ、おう」

俺も真似《まね》して手を挙げたが――はっ、恥ずかしい。おっさんには厳しいものがある。

せめてもの救いは、ここが酒場の隅《すみ》っこで、かつ、スタンピード騒ぎのせいで、誰も俺たちに注目していなかったことだ。

「ほらほら、照れてないで行くよ」

ディズは軽い足取りでギルド入り口に向かう。

「私たちも行きましょう」

「えっ、あっ……」

サンディに背中を押《お》される。かなり強い力だ。あれ？

細腕《ほそうで》の彼女に俺を動かすほどの力があるとは思えないが……。

「身体強化魔術ですっ！」

凄い。そんな魔術も使えるんだ。あらためて、「俺が彼女に弟子入りすべき」ではないかと思う……。

ギルド内は出入りする冒険者でごった返していたが、ディズはその合間を縫《ぬ》ってスイスイと進んでいく。

デカい俺は人波をかき分けるのにひと苦労だったけど、なんとかギルドを脱出《だっしゅつ》できた。

ふぅ。人いきれから解放され、ひと息つくと――あれ、いつの間にかサンディと手を繋《つな》いでる。

「師匠のおかげで、楽々でした。ありがとうございます！」

サンディは嬉《うれ》しそうに握《にぎ》る手にギュッと力を込める。

「仲良しだね。じゃあ、私も」とディズは俺の空いている方の手を握る。

まさに両手に花だ。少し前なら、信じられない状態。嬉しいけど、戸惑《とまど》いの方が大きい。

二人の手は柔らかく、俺は手汗《てあせ》がヤバい。そして、男性冒険者が向ける視線が痛かった
――。


冒険者ギルドを出た俺たちは、魔道具屋で魔力量測定の魔道具を購入《こうにゅう》し、拠点に戻った。

「さあ、じゃあ、まずは私がやってみるねっ」

「う、ん」

ディズは棒状の魔力量測定具をぱくっと口に咥《くわ》える。

サンディの話では、これが一番スタンダードなタイプらしい。もっと安いので脇《わき》に挟《はさ》むタイプもあったが、お金に余裕《よゆう》があるから、性能がいいこっちを選んだのだ。他にも、お尻《しり》の穴に挿れて測るタイプもあったが、もちろん、遠慮しておいた。そっちの方がより正確に測れるらしいが、無理なものは無理だ。

――ピピピピ。

魔道具特有の音がなり、ディズが魔道具を口から離《はな》す。

「ほら、ここに数字があるでしょ？」

「う、ん」

「一二。これが私の魔力量。ちなみに冒険者に成り立ての魔術職が五〇〜一〇〇くらいね。私は素質ゼロなんだ」

ディズはあっけらかんと言い放つ。

「なんで、こんなミソッカスが聖女候補に選ばれたんだろ。神様のお告げも当てにならないね」

「…………」

俺はなんと言ったらいいか分からず、微妙《びみょう》な表情を浮かべるしかなかった。

「気にしないで。私も気にしてないから。礼拝堂で膝《ひざ》をついてお祈《いの》りしてるよりも、ロイルと冒険者やってる方が百倍楽しいもん」

「私もです！」

「ありがと」

「サンディの魔力量はどれぐらいなの？」

「私は八〇〇ちょっとです」

「へえ、やっぱ凄いね」

「そう、なの？」

「えへへ。これでも大賢者様の元弟子ですからっ！」

サンディは自慢《じまん》げに胸を張る。それと、完全に「元弟子」になってる。師匠として、下手な数字は出せない……。

「ロイルはいまいちピンときてないみたいだから、参考値を教えてあげてよ」

「そうですね。二〇〇～三〇〇もあれば冒険者として優秀《ゆうしゅう》な方。宮廷魔術師《きゅうていまじゅつし》や教会の聖女は五〇〇～一〇〇〇くらい。一〇〇〇以上は歴史に名を残すレベル。今、世界で一番魔力量の多いのが元師匠の大賢者様ですが、それでも一五〇〇に届かないくらいです」

やっぱり、サンディは凄いんだな。後ちょっとで歴史レベルなのか。

「それじゃ、ロイルのも測っちゃお。どんな非常識な数値がでるか楽しみだな～」

「ドキドキしますっ！」

「う、ん」

ディズが測定具を差し出す。それを受け取ってから気がつく。これ、さっきまでディズの口に入っていた。それを俺が咥えるってことは……。

俺は三〇過ぎのおっさんだが、その半分は突っ立っていただけだ。女性経験はおろか、まともな対人経験もない。もちろん、キスも間接キスも未体験。冒険譚《ファンタジー》の魔王《まおう》の方がよっぽど馴染《なじ》みの存在だ。

「どうしたの？」

ディズは俺の顔を無邪気《むじゃき》に覗《のぞ》きこむ。彼女は気にならないのだろうか？

「あっ、もしかして……」

「う、ん」

「へへへっ。大丈夫《だいじょうぶ》よっ。私は気にしていないからっ」

間接キスという行為《こうい》を気にしていないのか。それとも、相手が俺だから気にしていないのか。屈託《くったく》のない笑顔から読み取れるほどの経験値は俺にはない。

「ほらっ、パクっといっちゃいなよっ」

「う、ん」

催促《さいそく》されて、測定具を口に含《ふく》む。甘《あま》い味が口の中に広がり、かあっと身体が熱くなる。

そんな俺にディズはイタズラっ子のような笑顔を向けてくる。

二人に見つめられ、顔を赤くし——永遠にも思える長い時間が終わった。実際には一、二分だろうが、俺にはとてつもなく長く感じられた。

ドキドキしながら測定具を取り出し、恐《おそ》る恐る数値を見る。

横から二人が覗き込んで来た。

「どれどれ？」

「「えええええっ!!!!」」

二人の驚《おどろ》く声を聞きながら、測定具の数値を確認《かくにん》する。

「九……九……九……九……」

えっ、ほぼ一万ってこと!?

「サンディちゃん、これ上限だよね？」

「はい。四桁までしか表示されません」

「えっ!?」

「ということはそれ以上だね、きっと」

「はい、一〇万なのか、一〇〇万なのか、師匠ならどれだけあってもおかしくないです！」

「規格外だとは思っていたけど、ここまでだったとはね……」

「さすがは師匠ですっ！」

「うっ、うん……」

ディズは若干呆《じやっかんあき》れ顔、一方のサンディは我《わ》がことのように喜んでいる。俺は自分でも信じられなかった。

「自分がどれだけ非常識な存在か分かった？」

「いい、絶対に誰にもバラしちゃだめだからねっ」

「う、ん」

この結果を知られたら大変だ。格調高い宮廷魔術師なんて俺には務められない。それどころか、下手したら、実験台にされてしまうかもしれない。

以前、物語《フィクション》で読んだ。人並み外れた能力を持つがゆえに、狭《せま》い地下牢《ちかろう》に幽閉《ゆうへい》され、人体実験の素材として扱《あつか》われた者の末路。そんなのは、まっぴらゴメンだ。

「これは三人の秘密だねっ」

「う、ん」

「はいですっ！」

「それにしても、魔力がこれだけなんだもの。武器の扱いがサッパリなのも納得《なっとく》だね」

「……どう、……いう……こと？」

「ほとんどの人はどちらも、武器を扱う才も魔術を使う才も持ち合わせていないんだ」

「う、ん」

冒険者としてやっていける人は、ごくひと握り。それ以外の大部分は、農民だったり、商人だったり。荒事《あらごと》とは無縁《むえん》な生活を送る。

「才能がある人でも、普通《ふつう》、武具を扱う能力と魔術を扱う力は反比例するの。たしかに、中には、両方使える魔剣士《まけんし》のような人もいるけどね。でも、基本的にはどちらかが強ければ、反対の力は弱くなるのよ」

「そ、う……なの」

「例えば、私。殴《なぐ》り合いなら誰にも負けない自信があるんだけど、その分魔術はからっきし」

「う、ん」

ディズの戦闘力《せんとうりょく》はムネヨシとの戦いで目《ま》の当たりにしたたし、一二という魔力量も確認したばかりだ。

「私は反対に身体を動かすのはダメダメですっ」

「ロイルの場合は、魔術が規格外な分、武器の扱いも規格外にダメダメなんだね」

「あっ、……ああ」

今までの謎《なぞ》が解けた。どうして、子どもに負けるレベルで武器を使えなかったのか。まさか、規格外の魔術の才能ゆえだったとは……。

「自分が置かれている状況をちゃんと理解できた？」

「うっ……う、ん」

ディズに念を押される。俺も気をつけないといけないと、心に刻みこむ。

「それにしても、入れ物と素質がまったく合っていないね」

「ん……？」

「このガタイで魔力極振《きょくふ》りとか、詐欺《さぎ》もいいところだよ。こんなの誰《だれ》も信じないよ……」

今まで散々見掛《みか》け倒しだと罵《ののし》られてきた。だけど、俺は木偶《でく》の坊《ぼう》じゃなかったんだ。俺には人並み外れた魔術の才能があったんだ。よしっ、これからは魔術を極《きわ》めていくぞっ！

そう決意したところで――。

「いい？　ロイルの魔術は人外レベルなの」

「う、ん」

「だから、それを忘れないでね。アンタにとっては当たり前のことでも、他の人から見たら非常識なんだからねっ」

「う、ん」

「それを肝《きも》に銘《めい》じてね。決して『なんかやっちゃいました？』とか、『俺の魔術がおかしい？弱すぎるって意味か？』とか、『これくらい普通だよね？』とか、『誰でもできるよね？』とか、絶対に言ったらダメだよっ！」

ディズにしては珍《めずら》しく、キツい口調で言われてしまった。

どれも聞き覚えのあるセリフばかり。物語《フィクション》の中で主人公が言ってて、カッコいいなと思ったセリフ。妄想の中でよく使っていたセリフ。いつか言ってみたいセリフランキングの上位ばかりだ。

それが禁止されるなんて…………。

◇◆◇◆◇◆◇

夕方。俺は冒険者ギルドの壁《かべ》一面に広がる掲示板《けいじばん》を眺《なが》めていた。そこには依頼《いらい》について書かれた大小さまざまな紙切れが貼《は》られている。

依頼は冒険者ランクごとに分かれており、Fランクのコーナーで依頼を確認していると背後から声をかけられた。

「終わったよ～」

「お待たせしました」

二人は受付でサンディのパーティー加入手続きを済ませたところだ。サンディも新たな道を歩み始め、これで我ら『アルテラ・ヴィタ』も三人だ。

「どう……だった？」

「ダンジョンはダメだけど、Fランク依頼なら、もう受けられるって」

ディズの話によると、スタンピード収束が確認され、一部の上位冒険者以外は比較的《ひかくてき》自由に行動していいそうだ。

「なにか良いの、ありましたか?」

サンディに尋《たず》ねられ、俺は一枚の依頼票《いらいひょう》を指差す。

「こ、れ……ゴースト、退治。どう、かな?」

「うん、いいの見つけたね」

「師匠なら楽勝ですね」

Fランク向けの依頼は、街中の雑用ばかりだ。

せめて、薬草採取やゴブリン討伐《とうばつ》でもあれば、冒険者っぽいのだが、残念なことに、そういうのはEランク以上だった。

せめて冒険者っぽいのはないかと探して、ひとつだけそれらしいものを見つけた。

街外れにある墓地のゴースト退治だ。一晩、墓地に留《とど》まって、現れたゴーストを倒す仕事らしい。

ゴーストはレイスよりも低級の霊《れい》だ。あの魔術があれば、余裕だろう。

ただひとつ、気になったことがある。それは――。

「なんで……報酬《ほうしゅう》……高い？」

他のFランク向けの報酬が二～三〇〇〇ゴルなのに、この依頼は二〇〇〇〇ゴル。

ちなみに庶民《しょみん》向けのパンが一個で一〇〇ゴル。二〇〇〇〇ゴルもあれば、三人で豪華《ごうか》なディナーが食べられる。そう考えれば破格の報酬だ。

「それはちゃんとした理由があるんだ。なんでFランク向けなのかもね」

「だいじょ、ぶ……なの？」

「はいっ！　師匠ならなんの問題もないですっ！」

「どうする？　受ける？　受けない？　ロイルが決めてよ」

「うん……や、る」

「おっけー。報酬が高い理由は後でね。そのために、まずはロイルに頑張《がんば》ってもらわないとねっ！」

「どういうことですか？　なにかあるんですか？」

俺も理由が分からずに困惑《こんわく》していると、ディズが依頼票を壁から剥《は》がし、「頑張って」と俺に手渡《てわた》す。

「……もしか、して………」

「うんっ！　ロイルの活躍《かつやく》、楽しみにしてるっ」

「………」

「ほらっ、練習だよ」

「うっ……う、ん」

受付カウンターに視線を送ると、スタンピードのせいか、職員の間でピリピリとした空気が漂《ただよ》っている。よりによって、この空気の中の依頼受注か……。

ちょっとあり得ないほどの緊張《きんちょう》で、変な汗《あせ》が流れまくってるけど、ここは頑張ってみよう。

震《ふる》える足取りでゆっくりとカウンターに向かう。たった数メートルの距離《きょり》が果てしなく遠い。ぎこちない足を必死に動かしながら、頭の中でシミュレーションを繰《く》り返す。

大丈夫。大丈夫。大丈夫。依頼票を見せて、「この依頼を受けたい」と言うだけだ。なにも難しいことはない。大丈夫。大丈夫。大丈夫。

長い道のりを乗り越《こ》え、モカさんの前に立つ。見上げるモカさんと目が合ったその瞬間《しゅんかん》。緊張のあまり頭が真っ白になり、固まってしまう。

「あっ、ロイルさん、どうしましたか？」

殺気立っていたモカさんだったけど、俺の顔を見るなり、ぱあっと笑顔《えがお》を咲《さ》かす。声も弾《はず》んでいる。さすがは、ギルド受付嬢《じょう》だ。

こんな状況《じょうきょう》でも、すぐに気持ちを切り替えられるんだ。きっと、新人冒険者の俺を怖《こわ》がらせないようにしてくれたのだろう。

「あっ、…………あの」

ダメだ、口が動かない。モカさんのにっこり笑顔にやられ、気まずさがはち切れそうだ。

俺が固まっていると、モカさんはチラリと視線を俺の手に向け、俺の意図を察してくれた。

「あっ！　依頼受注ですねっ」

「うっ……う、ん」

固まっている手をギギギと前に出し、依頼票を手渡すと、彼女は両手で依頼票を掴《つか》む。

というか、俺の手ごと握ってるよ？

俺が困惑の目を向けると、モカさんは「あっ、ごめんなさい」と俺の手を離し、依頼票を受け取った。

「冒険者タグもお願いしますねっ」

「あっ…………あ、あ」

すっかり忘れていた。依頼を受けるときは冒険者タグも渡《わた》す決まりだった。普通は事前に外しておくんだけど、緊張のあまり完全に失念していた。

慌《あわ》てて首にかけているそれを外そうとするが、緊張のあまり手が震えてうまく外せない。

「あっ、手伝いますよ。屈《かが》んで下さい」

「えっ、あっ、……うん」

言われた通りにすると、彼女は上体を俺の方に伸《の》ばし、両腕《りょううで》を俺の首に回す。

ドキッ。彼女の顔は俺のすぐ真横、触《ふ》れそうな距離。彼女の息がかかる。

「あっ、あれー、難しいなー。ちょっと、時間がかかりそうだなー。我慢《がまん》して下さいねー」

悪戦苦闘《あくせんくとう》しているようで、猫耳《ねこみみ》がピクピクと揺《ゆ》れ、吐息《といき》が漏れ、鼻息が荒《あら》い。

なにこれ⁉　えっ⁉　受付嬢《うけつけじょう》ってこんなに親切なの⁉

なんか棒読みな気もするが、俺の気のせいだろう。

慣れない状況に心臓がバクバクし、永遠とも思える時間が流れる。

「ふぅ～。やっと取れました～」

カチャリという音。やっと冒険者タグの留め金が外れたようだ。

モカさんの猫耳はビクンビクンと激しく揺れ、悪戦苦闘したからか呼吸が乱れている。

だが、その顔は満足感でいっぱいのようだ。

分かる！　てこずっていた問題が解決すると、凄《すご》い嬉しいよね。時間もかかっていたし、よっぽど外すのに苦労したのだろう。

「新品だから、慣れるまでは外しづらいですよね。次からもお任せください」

「えっ……はい」

ギルドの受付嬢って忙《いそが》しそうなイメージなんだけど、平気なのかな？

「気にしなくていいですよ～。新人のサポートこそが、受付嬢の一番の仕事ですから～」

「いい、の？」

「はい。もちろんですよ。他にも困ったことがあったら、気軽に相談して下さいね。プライベートな時間でも大歓迎《だいかんげい》ですよ！」

「あり……がと」

こんなに手厚いサポートとまでしてくれるのか。本当に親切だ。冒険者になって、本当に良かった。

「あっ、手続き終わりましたよ～」

モカさんが依頼書《いらいしょ》とタグを返してくれたのだが、なんでまた両手で俺の手を握る？

「頑張ってくださいねっ」

手を振《ふ》って見送ってくれるモカさんから離れ、俺は今のやり取りについて考える。

こんなオッサンの俺にまで親切にしてくれるなんて、受付嬢って優《やさ》しいな……なんて考えるほど俺はピュアじゃない。

いくら女性経験ゼロの俺でも、あそこまで露骨《ろこつ》な態度をとられて勘違《かんちが》いするわけがない。彼女《かのじょ》の行動の裏にあるのは下心だ。ああやって親切にしておいて、厄介《やっかい》な依頼を押しつけたり、都合良く使われたりするんだ。

良くあるパターンだ。俺は決して騙《だま》されない――。

待っていた二人のところに戻《もど》ると労《ねぎら》うような笑顔で迎《むか》えられた。

「ロイル、バッチリだったね」

「ちゃんと受注できましたね」

「えっ、あっ、……うん」

「浮かない顔だね」

「どうかしました？」

受注成功したのは嬉しいが、モカさんのことが気になって素直《すなお》に喜べない。

「モカさんて……やっ、ぱり？」

「さすがにロイルでも気づくよね」

「モカさんは他の男性冒険者は軽くあしらいますからね。あからさまでした」

「やっ……ぱり……俺だけ……特別………」

二人にも肯定《こうてい》され、ますます気が沈《しず》む。

「あれ、落ち込《こ》んでる？」

「師匠《ししょう》、大丈夫ですか？」

「……う、ん」

二人に目を覗き込まれるが、俺は視線をそらす。

「あー、分かった」

「なにが分かったんですか？」

「ロイル、盛大《せいだい》に勘違いしてるよ」

「かん……ちがい？」

「なんで彼女はロイルに親切にしてくれたと思う？」

「……下心」

「うんうん。そうだね。でも、ロイルが思っている『下心』じゃないよ」

「…………？」

ディズは自信満々に告げるが、俺だけでなく、サンディも話についていけないようだ。

「サンディちゃんは、こういう男女の機微《きび》を読むのは苦手そうだね」

「はい、ずっと魔術《まじゅつ》しかしてこなかったので……」

「ロイルは悪い意味でとらえてるよね」

「う、ん」

「悪い意味ですか？　私には分からないです」

「ロイルに親切にして、厄介ごとを押しつけようとしている——そう思ってるよね？」

「う、ん……違うの？」

「彼女の『下心』は純粋《じゅんすい》にロイルへの好意よ」

「うーん……わかん、ない」

「あー、ロイルは自己評価低いもんね」

「う、ん……だって……俺」

　モカさんに限らず、優秀で可愛いディズやサンディがなんで俺を受け入れてくれてるのか、いまだにわからない。

「ロイルは素敵《すてき》で魅力的《みりよくてき》よ。ロイルの人柄《ひとがら》が好きだから、私はロイルと一緒《いっしょ》に居たい」

「私も師匠の魔術に惚《ほ》れたから、弟子入りしたんです」

「だから、自信持って」

「う、ん」

「実際、客観的に見ても、ロイルは優良物件なのよ」

「そ、う？」

「ミゲルに楽勝するほど強くて、誠実で真面目なんだけど、どっか放っておけない感じ」

「それに魔術も凄いです！」

「まだデビューしたてだけど、この先、活躍するのは間違《まちが》いなし。女性としては絶対におさえておきたいよ」

「師匠なら、大活躍間違いなしですから」

「それに、もうひとつ、とっておきの魅力《みりょく》もあるしね」

「もう、ひとつ？」

「ともかく、彼女はロイルと仲良くしたい。そして、あわよくばつき合いたいと思ってるよ。その先も狙《ねら》ってるかもね」

「えええ、そうなんですか？　確かに師匠はとっても素敵ですけど」

「あら、サンディちゃんもロイルとつき合いたい？」

「いえいえいえ。恐れ多いです。師匠は師匠なので、私ごときが……」

「モカさんは、俺と……つき合い、たい？」

「そう言われると、確かに凄いアピールでしたっ！」

「必要以上にベタベタ触《さわ》っていたもんね」

「でも……どう、して？」

モカさんが俺のことを……信じられん。

なんでこんな冴《さ》えないオッサンに惚れたんだろうか。

「もうひとつ……の……魅力って？」

「やっぱり、気がついていないか」

「ビックリです！」

「う、ん」

「ずっと兜《かぶと》かぶってたからだね」

「あっ、そういうことですか！」

「ん？」

「ロイルってめちゃめちゃイケメンだよ」

「なん……だ、って？」

ディズの言葉にサンディも「うんうん」と頷《うなず》く。

「兜をかぶる仕事じゃなかったら、別の意味で大変だったろうね」

「間違いなくモテモテだったと思います」

「同僚《どうりよう》のやっかみもそれが一因なんじゃない」

「門番は兜を被《かぶ》りっぱなしですからね」

衝撃《しょうげき》の事実だ。そういうことはもっと早く言ってくれ。具体的に言えば、一五年くらい前に……。

思わず、ガックリとくずおれそうになる。

「勘違いしないでね。私はロイルがイケメンだから一緒に居るんじゃないからね。むしろ、中身のないイケメン大《だい》っ嫌《きら》いだし」

ディズは心底不快そうな顔をしてみせる。

「聖女やってるとねイロイロ寄ってくるのよ。顔だけが取《と》り柄《え》の貴族のボンボンとか」

「魔術師《まじゅつし》界にもいますね。男女問わず、見た目で実力以上のポストについているのが」

「でも、ロイルは強くて、優しくて、イケメン。多くの女性は放っておかないよ」

「師匠、気をつけてくださいね」

「う、ん」

ただ、依頼を受注するだけだったはずなのに、気分が上がったり、下がったり、俺は自分の気持ちを受け入れるのにしばらく時間が必要だった――。

「で、依頼はいつにする？」

ようやく復活した俺に、ディズが尋ねる。

うん。これ以上、過去を振り返ってもしょうがない。俺は待望の冒険者になれたんだ。過去は過去。これからの楽しい冒険者生活を全力で楽しむんだっ！

依頼票によると、期日は三日後。その間に一晩、一九時から翌五時まで墓場に留まって現れたゴーストを退治する仕事だ。どうしても今晩やらなければいけないわけではないけど……。

「私は今夜でも平気だよ。冒険者になって、興奮してるみたい。サンディちゃんは？」

「魔術の研究始めたら、二、三日寝《ね》ないこともありますから、まったく問題ありませんっ！ それよりも師匠の魔術が見たいですっ！」

「だって。ロイルは？」

ディズの言う通りだ。

「うん……やろう」

「じゃあ、行こっ」

「う、ん」

「はいっ！」

ギルドを後にし、気になってたことを話しながら、墓地へ向かう。

「ねえ……なんで…………報酬……高い、の？」

「ああ、それなら簡単。ゴーストは聖水ぶっかければ倒《たお》せるからだよ」

「そうですね。それにゴーストは低級霊なので、人には危害を加えません」

「ゴーストが集まると合体して上級霊になるから、それを未然に防ぐために間引きするんだよ」

「それが私たちの仕事です」

「だから、Ｆランクでも余裕な依頼。報酬が高いのは聖水の値段込みだからね」

「聖水は一本一〇〇〇ゴル。ここの墓地なら一晩で一〇体くらい出現するので、実質報酬は七〇〇〇ゴルくらいです。それでも、Ｆランクには十分な報酬です」

「私たちはロイルがいるから、丸儲《まるもう》けだけどね」

「簡単ですけど、気味悪いし、不人気なんです」

「お金に困った新人冒険者《ぼうけんしゃ》への救済措置《そち》だね」

「はい。他にも大変でやりたがらないけど、安全な仕事がイロイロありますよ」

なるほど。そういえば、掲示板にドブさらいや死体処理なんかがあったな。

「納得した？」

「う、ん」

墓地は街外れの寂《さび》しい場所にあった。鉄格子《てつごうし》で囲われていて、思っていた以上に広い。

この広さを回らなきゃいけないとなると、けっこう大変だ。

墓地の門の前に立つ。門の脇には小さな詰め所《つめしょ》があり、中には明かりが灯《とも》っている。

「依頼人とのやりとりは、ロイルにはまだ大変だよね。私がやるから見てて」

「う、ん……あり……が……と」

依頼受注したときのように、また、俺がやらされるのかと心配していたので、ほっとする。

「依頼を受けた冒険者ですけどー」

ディズが詰め所の扉《とびら》をノックしてしばらくすると、「あーい」という気の抜《ぬ》けた返事とともに中年の男が出てきた。やせ細っていて陰気《いんき》。生気がまったく感じられない男だった。

男はディズが渡した依頼票を受け取ると、ぶっきらぼうに言い放つ。

「ここ数日はおとなしいけど、そろそろ出る頃《ころ》だ。ちゃんとやってくれよ」

門の鍵《かぎ》を渡すと、俺たちの返事も待たずに、男は詰め所に戻っていった。

墓地に入ってすぐ、二人は違和感《いわかん》を覚えたようだ。

「変ね………」

「そうですね……」

もしかして、上級霊がいるのかと【世界を覆う見えざる手《ムンドゥス・コウヴェ・インヴィジ・マヌス》】を発動しようと——。

「おかしい……。いくら平穏《へいおん》な墓地でも、すこしは空気が淀《よど》んでるはずなんだけど……」

「ええ、むしろ、空気が澄《す》んでいます……」

そして、「「あっ！」」と二人同時に、なにか思いついたようだ。

「サンディちゃん」

「はいっ！」

サンディは杖《つえ》を構え、詠唱《えいしょう》を始める。

俺のなんちゃって魔術とは違《ちが》い、本物の魔術だ。

凄い！

カッコイイ！

彼女が詠唱を終えると、杖の先端《せんたん》が光《ひか》り輝《かがや》く。

「やっぱり……」

「思った通りです」

二人は納得している様子だが、俺には何が何だかサッパリ分からない。

「……どう、だっ……た？」

「安心して。なんの問題もないから。というか、依頼完了《いらいかんりょう》だよ」

「さすがは師匠ですっ！」

「……えっ………？」

どういうことだ？　ゴースト退治をしなくていいってことか？

理由もわからず戸惑《とまど》っている俺にディズが言う。

「さっき、墓守《はかもり》が言ってたでしょ、『ここ数日はおとなしい』って」

「う、ん」

「この前のこと、覚えている？」

「この、……まえ？」

「拠点《きょてん》のレイスを除霊《じょれい》したときだよ」

「う、ん。それ……が？」

「あのときのロイルの除霊魔術の余波で、ここのゴーストは全部消滅《しょうめつ》しちゃった。それだけじゃなくて、土地も空気も浄化《じょうか》されてるから、しばらくはゴーストも出ないよ。ほんと、やり過ぎよ……」

「あっ………」

あのときは初めての魔術で加減がわからなかったので、つい力が入りすぎちゃった。余った魔力《まりょく》が辺りに飛んで行ったのを覚えている。その結果がこれか……。

「街全体が浄化されてます。やっぱり、師匠の魔術は規格外ですね！」

──またなんかやっちゃいました？

俺のチュウニ魂《だましい》がそう囁けと命ずるが、言ったら確実に怒《おこ》られるだろう。

「ロイルの除霊魔術があれば、ちゃちゃっと片付くとは思っていたけど、まさか、やる前から終わっているとは思わなかったよ……」

「なん……か、……ごめ、ん」

「謝《あやま》る必要ないよ。悪気はなかったんだし。悪いことをしたわけでもないしね」

「そ、う？」

「ええ、この先の冒険者たちの仕事を奪《うば》っちゃったけど、まあ、そこは話の持って行き方次第《しだい》でどうとでもなるからね」

「そ、う……なのか」

この依頼は金欠な冒険者への救済策のひとつ。ゴーストが現れなくなった以上、依頼はなくなるだろう。そうなると困るのは新人冒険者だ……。

「ともかく、これで依頼は文句なしに完了《かんりょう》だね。さあ、戻ろっ」

「うっ……う、ん」

ディズがそう言うなら、その通りなんだろう。結局、依頼開始から一〇分もかからないうちに、俺たちは墓守がいる詰め所へと戻ることになった。

「終わったよー」

ディズが詰め所の扉を無造作に開けた。小汚《こぎたな》い机に向かう墓守は、俺たちに気づきタブレットから顔を上げる。

「どうした？　もう、怖くなったのか？」

「仕事なら、終わったよっ」

バカにした笑《え》みを浮《う》かべていた墓守だったが、ディズの言葉で笑顔が消える。

「はっ？　なにをバカなことをッ。一〇分もたっていないじゃないかッ。お前たちの仕事は朝までの見張りだッ。今すぐ仕事場に戻れッ！」

「だから、仕事なら終えたってば。この先一年はゴーストは出ないよ」

「フザケたことを抜かすなッ！」

「あなたなら、これがなにか分かるよね？」

怒《いか》りに任せて立ち上がった墓守に、ディズは胸元《むなもと》に潜《ひそ》ませていたロザリオを見せつける。

「そっ、それは……。まっ、まさかっ、巡察使《じゅんさつし》ッ‼」

巡察使とは、不正が行われていないか調査するために聖教会が各地に派遣《はけん》する者だ。門番時代にも何度か見かけた。

墓守は悪霊《あくりょう》がらみの仕事だ。男の狼狽《ろうばい》ぶりからすると、聖教会には男を罰《ばっ》したり、罷免《ひめん》したりする力があるのだろう。

だが、ディズは聖教会から勝手に逃《に》げ出してきた身。巡察使であるわけがない。

男がロザリオを見て、勝手に勘違いしただけだ。そんな男の反応を見て、ディズは口元を緩《ゆる》める。

「べつにあなたの怠慢《たいまん》を咎《とが》める気も、上に報告するつもりもないから安心して。ひとつ、お願いを聞いて欲《ほ》しいだけ」

「そっ、それはっ、なっ、なんですか？」

虚勢《きょせい》を張っているが男は青ざめている。それに口調まで変わっている。

「まずは実際に見てもらおっか。ついて来て」

「はっ、はいっ」

男を連れて再度、墓地に入る。

「こっ、これは……」

男は違いに気がついたようだ。

「毎日の確認《かくにん》を怠《おこた》ってたでしょ？」

「すっ、すみませんでしたっ」

土で汚《よご》れるのも厭《いと》わず、男はその場に土下座した。声も肩《かた》も震えている。

「分かってもらえた？」

「たっ、確かにっ。こっ、これなら、しばらくはゴーストも現れません」

男もすぐに悟《さと》ったようだ。

「そんなに怯《おび》えなくても大丈夫《だいじょうぶ》だってば」

男は息を吐《は》き、あからさまな安堵《あんど》を見せる。

「さっきも言ったように、ひとつお願いがあるだけだよ」

「はっ。わたくしめに出来ることでしたら、なんなりと」

「簡単な話だよっ。今まで通りに依頼を出してね。それだけ」

「ご慈悲《じひ》に感謝いたします。喜んでそうさせていただきます」

男はふたたび、頭を地面につける。

「懐《ふところ》はそれほど痛まないでしょ？　誠意を見せてくれることを期待しているからね」

「かっ、必ずやっ」

「じゃあ、これで話はお終《しま》い。依頼票にサインしてね」

「はっ、はいっ！」

震えながらぺこぺこと頭を下げる男から依頼票を受け取り、俺《おれ》たちは墓場を後にした――。

俺はディズの見事なやり口に感服した。

ディズがやったのはロザリオを見せ、「上に報告する気はない」と言っただけだ。自分が巡察使であるとも、上に報告する権限があるとも、言っていない。嘘《うそ》はひとつもついていないのだ。

それでいて、俺たちの仕事を認めさせ、今後も依頼を継続《けいぞく》させる約束を取り付けたのだ。それも男に恩を売るかたちで。

やっぱり、ディズはすごいな。でも、ひとつ、気になる。

「バレたら……まずく……ない？」

「大丈夫よ。教会は領主の司法権の外にあるからね」

たしかに、門番時代に教会関係者はろくなチェックも受けずに門を素通《すどお》りしてたな。彼《かれ》らと揉《も》めるなとも言い聞かされていた。

「それに、外部の者が巡察使を騙《かた》ったら極刑《きょっけい》は免《まぬが》れないけど、私は身内みたいなもんだから。バレても『ごめんね、テヘペロ』で許してもらえるよ。まあ、ゲンコツのひとつくらいはもらうかもしれないけどね」

ディズはあっけらかんと笑った。

◇◆◇◆◇◆◇

墓地を後にした俺たちはギルドに寄って報酬を受け取ってから小洒落《こじゃれ》たレストランに向かった。サンディおすすめの場所で、俺一人だったら絶対に入れない店だ。

「サンディの加入と初依頼クリアを祝って――かんぱ〜〜いっ!!!」

「乾杯《かんぱい》ですっ！」

「かん……ぱ、い！」

グラスを鳴らし、料理に舌鼓《したつづみ》を打ち、楽しい時が流れる。

「冒険者生活はどうだった？」

複雑な思いだ。今日一日、いろいろあったが、俺が想像していた冒険者生活とはかけ離《はな》れていたものだった。まさか、自分の魔力量と魔術の強さが規格外だったとは……。

――これもチート主人公のうちなんだろうか？

それでも、全体としてみれば、

「う、ん…………たのし……かった」

「なら、良かったっ！」

「はいっ、私も師匠の弟子《でし》にしていただいて、最高の日ですっ！」

俺に負けず劣《おと》らず、サンディも目を輝かせる。

「ディズは……冒険者……やって、た？」

彼女も今回の冒険者登録が初めてなので、冒険者活動はしていなかったはずなのだが、その割にはやけに手馴《てな》れている。元聖女だってことは知っているが、いったいどんな過去を送ってきたんだろう。

「冒険者は初めてだよっ。でもね、聖女の修行《しゅぎょう》時代にそれっぽいことはしてたんだ。モンスターを倒《たお》したり、ダンジョンに潜《もぐ》ったり。まあ、冒険者の真似事《まねごと》かな」

「そう……だっ、た……んだ」

真似事という割には、強すぎると思うが……。まあ、俺も人のことは言えない。

「ロイルと一緒で、気持ちは新人だよ。これからいっぱい依頼をこなして、どんどんランク上げてこ」

「う、ん」

「私も師匠に恥《は》じないように頑張りますっ！」

「さあ、明日はダンジョンだね。ロイル、今の気持ちは？」

「え、っと……楽し、み」

「サンディは？」

「早く師匠のカッコイイ姿が見たいですっ！」

「じゃあ、明日は朝早くからね」

「う、ん」

「はいっ」

それからしばらくし、俺たちはほろ酔《よ》い気分で拠点に戻った。

「そうだ。ロイルに良さそうな本をいくつか見繕《みつくろ》っといたんだよ」

「本？」

「そうそう。ちょっと、タブレット貸して」

「う、ん」

タブレットを起動させ、ディズに渡す。

本当は、セキュリティがなんとかで、他人に渡すのは良くないらしいのだが、ディズ相手なら問題ない。

ちなみに、俺のタブレットは物語《フィクション》専用だ。千冊以上の冒険譚《ファンタジー》が入っている。現実《リアル》から逃げるための本だけだ。実用書や自己啓発本《けいはつぼん》などは一切《いっさい》入っていない。

ディズは自分のと俺のを同時に操作する。

「なに……やって、る？」

「オススメの本、何冊か送っておいたよ。伯爵《はくしゃく》のお金だから気にしないで」

「あり、がと」

「え〜、どんな本なんですか？」

「こんな感じ」

「へ〜。こんなのがあるんですね。私は魔術書専門なので知らなかったです」

二人がディズのタブレットを覗《のぞ》きながら話す。

俺はタブレットに新しく追加された本のタイトルを眺《なが》める。

そのうちの一冊に目を奪われた。

――『モテるための会話術』

なんだとっ！

俺はさっそく、その本を開き――。

「あはは。やっぱり気になるよね。最近、モテモテだもんね」

俺の考えはお見通しだった……。

「タイトルはチャラいけど、しっかりした内容だったよ。まずは第一章だけでも読んでみ

たら」

「う、ん……あり、がと」

その後は風呂《ふろ》に入り、そそくさと部屋に引き上げた。

居ても立っても居られず、ベッドに寝転《ねころ》がり、タブレット、オン！

『モテるための会話術』を開く。

いつも、眠《ねむ》りに落ちるまで冒険譚《ファンタジー》を読み耽《ふけ》るのだが、今日はそうしない。というか、しばらくは封印《ふういん》だ。

これで俺もモテモテ――いや、コミュ障脱出《だっしゅつ》だっ！

第一章『モテるための相槌《あいづち》』

開いてみると、中身は俺の予想とは違《ちが》っていた。

てっきり、モテるためには、面白《おもしろ》トークで相手を魅了《みりょう》する――「この人の話、面白い」からの「もっと話を聴《き》きたい」からの「好き、抱《だ》いて！」の三段活用だと思っていたのだが……。

——まずは、相槌を覚えましょう。
——相槌を使い分けるだけで十分です。

「えっ⁉」と俺は拍子抜《ひょうしぬ》けした。

——無理して自分から話す必要はありません。
——多くの人は人の話を聞くより、自分の話を聞いてもらいたいのです。

話し下手の俺には、ちょっと理解できない感覚だった。

——話し上手より、聞き上手になりましょう。

ふうむ。そうだったのか！
たしかに、今までの失敗を思い出すと、見事に当てはまる。
なんか、いいことを話そう、気の利《き》いた事を話そう、そう思えば思うほど、口が回らなくなって、結果、ボソボソと呟《つぶや》くだけ。喋《しゃべ》らなきゃという思いが先走り、空回りしてばかりだった。

だが、一番はじめに学ぶべきは――『相槌』だったんだ。

テキストを読み込む。うん。これなら、俺でもなんとかなるかも。

人とのコミュニケーションが怖《こわ》くて仕方がなかった。

できるだけ、他人と関わりたくなかった。

でも、今は、ちょっとだけ、明日が楽しみだった。

不安はもちろんあるが、期待する気持ちもある。

自分の変化に驚《おどろ》く――ディズへの感謝がまたひとつ増えた。

よし、明日から実践《じっせん》だ！

第4章　成長の日々

――翌朝。

俺は興奮していたせいで、いつもより一時間以上も早く目が覚めた。

現在、四時。まだ、外は暗い。

朝食は七時からなので、時間はたっぷりある。

普段《ふだん》だったら、妄想《もうそう》の世界にのめり込むところだが、今日は昨晩の復習だ。

タブレットで『モテるための会話術』を開き、相槌の練習を繰《く》り返す。

「おはよっ、早起きだね」

熱中していたら、二人が起きてきた。もう朝食の時間か。

「師匠、おはようございますっ！」

「ああ……おはよう」

――「あ」で相手の言葉を受け止める。

「昨日、あの後、考えたのですが、急に押《お》しかけて、迷惑《めいわく》じゃなかったですか？」

「いいよ……俺も、楽しみ」

――「い」で相手を肯定する。

「そう言ってもらえて安心しましたっ！」

「うんうん……でも、俺が師匠で、いいの？」

――「う」で続きをうながす。

「大丈夫です。師匠の魔術を見せていただけるだけで十分です。こう見えても魔術の解析《かいせき》は得意なんです。まだ魔力不足で使えませんが、極大魔術の術式も全部暗記してますっ！」

「ええっ……それは、凄《すご》い」

――「え」で驚いてみせる。


「必ずや、師匠の魔術をマスターしてみせますっ！」

「おおっ……やる気、満々だね」


――「お」で相手を褒《ほ》める。


どうだっ！

これが『モテるための会話術』で学んだ「相槌のあいうえお」だっ！

さっそく練習の効果が発揮されて、ビックリするほど嬉《うれ》しい。

ちょっとぎこちないけど、ちゃんと会話になってる！

「ロイル、やったね！　ちゃんと練習したんだねっ！」

「昨日よりも話しやすかったですっ！」

「うん……ありがとう」

いやあ、すごいね『モテるための会話術』。

どうやら、俺はイケメンらしいと最近自覚したし、これでコミュ障を卒業したら、本当にモテモテになれるんじゃないか？

いや、調子に乗ったらダメだ。調子に乗ったら痛い目を見ると俺は物語《フィクション》で学習済みだ。

ともあれ、この本から相槌には二つの効果があると学んだ。

まず、相槌によって相手に「あなたの話を聞いてます」とアピールすることだ。

適当に「うん」とか「ああ」とか返してばかりだと、「コイツ、人の話、聞いてるのか」と不快な思いをさせるが、「あいうえお」を使い分けることで、真面目に聞いているという印象を与《あた》える。

誰《だれ》でも「自分の話を聞いてもらえるのは嬉しい」と書いてあったが、サンディの表情を見ると——。

ご機嫌《きげん》な様子なのだが、彼女《かのじょ》の場合は最初から俺を全肯定《こうてい》してるから、あんまり参考にならないかも……。

でも、サンディ相手だと、気負わずに済むから、いい練習になる。これを続けていけば、他の人が相手でもちゃんと相槌を打てるようになるかも。

そして、相槌のもうひとつの効果。

これは打つ側に関するもので、相槌はタメ——時間稼《かせ》ぎになるのだ。時間稼ぎというと悪い印象かもしれないが、相槌を打つ間に次の言葉を考えるゆとりが生まれる。

話しかけられて、咄嗟《とっさ》にどう答えようと焦《あせ》った結果、口が回らない。

だが、相槌ならすぐに出てくる。それは今の俺で実証済みだ。

その後が続かなくても、焦る必要はない。

相槌の後の間は、相手に好印象を与えるのだ。言葉に詰まってるのではなく、自分の言葉をしっかりと咀嚼《そしゃく》してくれている。そう捉《とら》えてもらえるのだ。

例えばだけど、「ああ、そうだね」と「ああ……そうだね」。前者は軽い調子で返した印象。一方、後者は自分の言葉を受け止め、考えてくれた上での「そうだね」だ。

素晴《すば》らしい。偉《えら》そうに語ったが、もちろんすべて『モテるための会話術』からの受け売りだ。

だが、この本は相槌の打ち方を教えてくれただけでなく、もっと大切なことを教えてくれた。

俺はコミュニケーション能力が絶望的だと諦《あきら》めていた。コミュ障だと思っていた。

だけど、コミュニケーションというのは技術だ。練習すれば身につけられる能力のひとつだ。

この本は大きな自信を与えてくれた。勉強を続ければ、俺でも——。

「じゃあ、いこ！」

「よーし、ダンジョンだねっ！」

「頑張《がんば》りましょう！」

◇◆◇◆◇◆◇

ダンジョンに行くために西門に向かう。

街を出ようとしたら、門番に声をかけられた。若い女の子だ。

「あっ、あのっ、サラクン騎士団《きしだん》の方ですよね」

「う、ん……門番……（やってた）」

いきなりのことにドキドキして、頭が真っ白になる。相槌ってどうやるんだっけ……。

混乱していると、女の子は笑みを咲《さ》かせ、俺を見上げる。

「うわあ、エリートじゃないですか」

「いや……ちが」

それは南門とか他の門の話だ。あっちは人の出入りが多く、この子が言うように、優秀《ゆうしゅう》な騎士の仕事だ。人がほとんど通らない北門のことは察してくれ。

「凄いですね。お名前をお訊《き》きしてもいいですか?」

「ロイ……ル」

グイグイと喰《く》いついてくるので、圧倒《あっとう》されてしまう。

「ロイルさんですか。カッコイイお名前ですね。あっ、握手《あくしゅ》してもらえますか?」

「……うん」

期待に満ちたキラキラとした目で見られると、応じないわけにはいかない。

「きゃあ、もうこの手は一生洗いませんっ!」

言われたいセリフ上位にランクインする言葉だが、本当に言う人いるんだ。

一五年間、突《つ》っ立っていただけ、という真実を伝えて水を差す事も出来ず対応に困る。

「でも、なんで、そんなお方がこの街に?」

「……」

「あっ!」

なにか閃《ひらめ》いた様子で、彼女は囁《ささや》いた。

「極秘《ごくひ》任務ってヤツですね」

「……」

「大丈夫です。決して誰にも言いませんから」

「…………うっ、うん」

完全に誤解している！

「お勤めご苦労様ですっ!!」

彼女は深々と頭を下げる。結局、勘違《かんちが》いされたままだった……。

「ヤバい。ロイルさんカッコ良すぎる……」

背中にかけられた彼女の呟きを聞きながら、街の外に出る。

やっぱり、いきなりだったり、慣れない相手だったりすると、まだまだだな……。

「やるじゃない。エリート門番さん」

門から離れると、ディズがからかうように言ってくる。

「いっ、いや……」

照れた俺はディズから顔をそらし、サンディを見る。彼女は衝撃《しょうげき》を受けたようで、ビックリしていた。

「えっ、師匠《ししょう》って本当に騎士だったんですか⁉」

「う、ん……エリートじゃ……ない、けど」

「サンディちゃんはなんだと思ってたの？」

「いえ、世を忍《しの》ぶ仮の姿かと……」

「はい？」

「師匠ほど偉大《いだい》な魔術師《まじゅつし》なら、世間が放っておきません。厄介《やっかい》ごとを避《さ》けるための偽装《ぎそう》だと思ってました」

「厄介ごとって、例えば、初対面の相手が弟子入り志願してくるとか？」

ディズが茶々を入れる。

「うっ、……すみません」

「厄介……じゃ、ない」

確かに、最初は邪険《じゃけん》にした。だけど、今はもう、サンディのことを邪魔《じゃま》だとか、厄介だとか思ってない。

「師匠……」

サンディにうるうるした瞳《ひとみ》で見つめられる。

「さあ、気持ち切り替《か》えてこ。ロイルが待ち望んだダンジョンなんだから」

「そうですね」

「うん。そうしよ」

俺たちが目指したのはメルキの街から歩いて一五分ほどの場所にある初級ダンジョン——

——通称《つうしょう》、『始まりのダンジョン』。

メルキの街周辺にはいくつものダンジョンやモンスターのたまり場が存在する。

一番の目玉は街の中心にある高難易度ダンジョン『メルキ大迷宮』だ。現在、最高到達《とうたつ》階層は一三階層。全二〇階層とも、三〇階層とも言われるこのダンジョンは未《いま》だ完全には踏破《とうは》されていない。屈指《くっし》の難易度を誇《ほこ》るダンジョンだ。

それ以外にもいくつかダンジョンがある。俺たちがこれから挑《いど》むのは『始まりのダンジョン』。一番難易度が低いダンジョンだ。

冒険者《ぼうけんしゃ》に成り立ての新人でも油断しなければ危険はないお試《ため》しダンジョンだ。ここがダメなら、「冒険者になるのは諦めろ」と言われるほどだ。

だから、俺も恐怖感《きょうふ》はまったくない。好奇心《こうきしん》と興奮で胸がいっぱいだ。

「えへへっ。嬉しそうね」

「うん。ずっと、楽しみにしてた」

しばらく歩いていると、後ろから声をかけられた。

「よう、ロイル」

「ミゲル……」

「お前さんたちも亜人窟《あじんくつ》か？」

「亜人窟？」

「おっ、違うのか？」

「うん……俺たち、始まりのダンジョン」

「はあ？　なんで、お前さんたちが、あんなトコへ？」

「俺とディズ……Fランク」

「そういえば、一昨日デビューしたばかりだったな。世界最強のFランクだな」

ミゲルは豪快《ごうかい》に笑う。

「亜人窟……どんな、とこ？」

「始まりのダンジョンの隣《となり》にあるB級ダンジョンだ。ゴブリンやら、オークやら、ミノタウロスやら、亜人型モンスターが出てくる」

ミゲルからダンジョンの話を聞いているうちに、始まりのダンジョンにたどり着いた。

「おう、じゃあ、ここでお別れだな。油断するなよ――って言うまでもないか」

そう言い残して、ミゲルのパーティーは亜人窟に向かった。

◇◆◇◆◇◆◇

「これが……ダンジョン………」

ディズもサンディもこれまでにいくつかのダンジョンに挑んだことがあるので、気負いもなく慣れた様子だ。

だが、俺にとっては夢に見たダンジョン。しかも、数日間オアズケされたこともあり、興奮マックスだ。

二人が階段を降りるのに続いて――コケた。盛大《せいだい》にコケた。

「大丈夫？」「師匠！」

「う、ん」

二人に手を貸してもらい立ち上がる。恥ずかしい。

それにしても、ダンジョンか……。冒険譚《ファンタジー》だと――。

――本来出ない強敵モンスターを相手に主人公が無双《むそう》したり。

――ピンチのヒロインを助け、一緒《いっしょ》にパーティーを組んだり。

――伝説の武器の封印を解いたら、その武器が喋り出したり。

いろいろと胸が躍《おど》る事件が起こるものだ。一方、胸糞《むなくそ》な展開もある。

——身ぐるみ剥《は》がされ、置き去りにされたり。

——仲間からモンスターの囮《おとり》にされたり。

——奈落の底に叩《たた》き落とされたり。


まあ、その後で裏切った元仲間たちが冒険者ギルドに泣きながら主人公の死を告げる場面に颯爽《さっそう》と登場して——。


嘘を暴《あば》かれた元仲間たちがギルドを追放されたり。

逆ギレして主人公にボコボコにされたり。

犯罪奴隷《どれい》になったり。


カタルシスを与えてくれるからスッキリするんだけどね。

ともあれ、二人がそんな非道なことはしないと分かっているから、最初から心配はしていない。起こるとしたらラッキーイベントに決まっている。さあ、なにが起こるかな?

ちなみに、長槍《ながやり》はマジック・バッグの中。狭《せま》いダンジョン内ではジャマになるだけだ。

兜《かぶと》も視界が狭くなるので同様だ。

しばらく細い通路を進んでいく。一本道なので迷うことはない。このダンジョンは狭い通路といくつかの部屋で構成されていて、モンスターが出るのは部屋の中だけだそうだ。モンスターは部屋から出てこないし、通路や部屋に罠《わな》もない。まさに、初心者向けのダンジョンだ。

「さすがに誰もいないね」

「う、ん」

サンディの話では、いつもなら何組かの初心者パーティーが挑戦《ちょうせん》しているらしいが、昨日のスタンピード騒《さわ》ぎのせいで、今日は誰もいないようだ。

やがて、前方に開けた空間が見えてきた。

「最初の部屋だよ。どんなモンスターが出るかな～？」

ワクワクしながら部屋に入ると、そこにいたのは——。

「すら、いむ？」

「うんっ。最弱モンスターのスライムだよっ」

ひと抱《かか》えほどの大きさの粘《ねば》っこい青い塊《かたまり》が三つ。スライムだ。突然《とつぜん》変異した強いモンスターでも、封印されていた魔神《まじん》でもない。なんの変哲《へんてつ》もないスライムだった。

ちょっと硬《かた》い水風船みたいなもので、ナイフさえあれば子どもでも倒《たお》せる最弱モンスター。俺が読んできた冒険譚《ファンタジー》でも最初の戦闘《せんとう》シーンに登場する定番モンスターだ。初戦闘といえばスライムかゴブリンに決まっている。

初めてダンジョンに入り、初めてのモンスターとの遭遇《そうぐう》。自分が主人公になった気分だ。気持ちが高揚《こうよう》し、鼓動《こどう》はいつもより速い。

そんな俺の気持ちを知っているのかどうか、三匹《びき》のスライムがぴょんぴょんと元気に飛び跳《は》ねている。

「じゃあ、一人一匹ね」

ディズはなんの気負いもない様子で、スライムのいる方へ歩いて行き――「えいっ！」。

続いてパンッと弾《はじ》けるような音。

「……えっ…………？」

スライムが破裂《はれつ》した。ディズが殴《なぐ》り殺したのか？

速すぎてなにも見えなかった……。

サンディもいつの間にかファイアボールでスライムを倒している。

残りの一匹が俺に向かって飛んで来る――ひっ⁉

『――【絶対不可侵隔絶空間《オムニノ・ノモレスト・セパラティオ・ロウクス》】』

俺はビビって、反射的に魔術《まじゅつ》を発動していた。ミゲル戦で使った防御《ぼうぎょ》魔術だ。

スライムは見えない魔力《まりょく》の壁《かべ》にぶつかり——シュンという音とともに綺麗《きれい》さっぱり消失した。

「あ、れ？」

俺が意識する前に戦いが終わっていた。

「えっ⁉」

「師匠の魔術はそんな使い方もできるんですねっ！」

「うっ、うん……そう、なんだ」

そんな機能があったんだ……。

サンディは浮《う》かれるが、俺は驚きでいっぱいだ。

一方、ディズは「あちゃー」という顔をする。

「ディズ？　どうか……した？」

「ほら、これ見て」

ディズは床《ゆか》に落ちている二つの輝《かがや》く石をつまみ上げる。

「ま……せき？」

「うん。これが魔石《ませき》。実物を見るのは初めて?」

「う、ん」

「ダンジョンのモンスターを倒すと魔石を落とす。でも、ロイルが倒したヤツのはなくなっちゃった」

俺が倒したスライムは、蒸発したかのように消え去った。魔石ごと跡形《あとかた》もなく。

「はいっ」

俺の手の上にディズが二つの魔石を載せる。これが魔石か……。

「スライムのだから、一個一〇ゴルだけどね」

小さくて脆《もろ》そうな青い魔石。一〇個集めて、ようやくパン一個。それでも、初めて目にする俺には眩《まばゆ》く輝いて見えた。

「ねえ、ロイル。冒険者がなんでダンジョンに潜るか分かる?」

「それ、は…………ロマン?」

ディズの呆《あき》れ顔がワンランクアップした。

「まあ、たしかに、その気持ちは分からなくはないけど。私も自由な冒険者に憧《あこが》れて教会を飛び出してきたからね」

「う、ん」

「でもね、それは私やロイルみたいな少数派よ。ロマンだけじゃ、お腹《なか》は膨《ふく》れないからね」

「そう……だ……ね」

「冒険者がダンジョンに潜るのは魔石目当てよ。魔石を売ってお金を稼ぐの」

「……う、ん」

俺が倒したスライムは魔石ごと消え去った。本来得られるはずの一〇ゴルが失われたんだ……。

さっきの手応えだと、最弱のスライムに限らず、ちょっと強い程度のモンスター相手でも同じ結果だろう。

「そんなに落ち込《こ》まないでっ。他の方法を試そっ？」

「師匠なら大丈夫《だいじょうぶ》ですよっ！」

「ごめっ……ん」

「謝《あやま》らなくていいよ。弱すぎて戦えないなら問題だけど、強すぎて戦えないなら、やりようがあるからね」

「………やりよう？」

「ええ、そもそもスライムは最弱モンスター。魔術なんて使うまでもないよ」

「……あっ………。でっ、でも……おれ……武器」

物理攻撃《こうげき》というのは、まったく頭になかった。それを気づかせてくれたのはありがたいんだが、俺は武器はからっきしだ。

頭の中でイメージする――。

俺に向かって飛びかかってくるスライム。

それに合わせて槍《やり》を振《ふ》るう俺。

そして、すっぽ抜《ぬ》けて飛んでいく槍。


――うん、ダメだ。


「武器なんて必要ないよ。殴っても、蹴飛《けと》ばしてもいいし、その体重で踏《ふ》み潰《つぶ》してもオッケーだよっ」

「たし、かに……」

それなら、なんとかなる…………のか？

「まあ、ものは試し。やってみよっ？」

「う、ん」

「じゃあ、頑張って。というか、頑張んなくても倒せるから、気楽にいこっ」

「う、ん」

次の部屋に向かうと、同じようにスライムが数匹《すうひき》待ち構えていた。

俺たちに気づいたスライムたちが、ぴょんぴょん飛び跳ねながら向かってくる——大丈夫。子どもでも倒せる相手だ。自分に言い聞かせて待ち構える。【絶対不可侵隔絶空間《オムニノ・ノモレスト・セパラティオ・ロウクス》】は使わない。

「じゃあ、やってみて」

一体目が飛びかかってくるのに合わせ拳《こぶし》を振るう——スカッ。

俺の拳は空を切った。立て続けに残りも飛び上がって体当たりしてくるが——。

スカッ。

スカッ。

スカッ。

全部空振《からぶ》りだった……。おかしい……。相手の動きはしっかり見えている。それに合わせて殴りつけるイメージもバッチリだ。だけど、なぜか当たらない……。

ダメだ。作戦変更《へんこう》だ。動いているとこを狙《ねら》うから失敗するんだ。狙うは——体当たりして鎧《よろい》に弾かれたスライムが着地したところ。スライムは着地した後、一瞬《いっしゅん》動きが止まる。そこを狙えば――。

俺はタイミングを見計らって、着地したスライム目がけて足を振り下ろす――するっ。

横に躱《かわ》された。その後も何度か繰り返すが――。

するっ。

するっ。

するっ。

するっ。

なぜだ……。スライムを踏み潰すだけの簡単なお仕事がどうしてできない……。子どもでもできるって言うのに……。

きっと今の俺の姿を子どもたちが見たら、指差して爆笑《ばくしょう》するだろう。

くそっ！　苛立《いらだ》ち紛《まぎ》れでスライムを蹴《け》りつけようとし――。

スカッ。ドシンッ――俺は盛大にコケた。

「どんまい、どんまいっ。人には得手不得手があるからね。気にすることないよっ。私も魔術はからっきしだし。次は違《ちが》う方法試そ？」

「どんまいですっ！」

「うっ……う、うん」

ディズは慰《なぐさ》めてくれるが……。まさか、ここまで壊滅的《かいめつてき》だとは思っていなかった……。

物理戦闘はきっぱり諦めよう……。

さて、三つ目の部屋。ここもスライム。

俺に残された手は後ひとつ。


『──【すべてを穿つ《オムニス・カウウス》】』

──ドゴオオオォォォォン。


「あっ…………」

俺が放った魔力弾《まりょくだん》はスライムを貫《つらぬ》いた。そして、それだけではなく──その後ろにあった壁に大きな穴を作り出した。

「うわあ、これまた見事ね～」

「凄いですっ！」

壁の穴は直径二メートル。一〇メートルほど先の隣の部屋まで貫通《かんつう》していた。ディズの表情から、やらかしてしまったことを悟《さと》る。

「ダンジョンの壁はちょっとやそっとじゃ傷つかないよね、サンディちゃん？」

「はい。私でも小さな凹《くぼ》みを付けられるくらいです」

「まず、…………かった……？」

「まあ、しばらくすれば元に戻《もど》るから大丈夫だよ」

「ディズさんの言う通りです」

「そ、う……なの？」

「とはいえ、ポコポコ穴を開けていたら大騒《おおさわ》ぎになっちゃうなあ」

「……う、ん」

「とりあえず、手加減できるようになるまで今のは封印《ふういん》だね」

「………う、ん」

「そんな落ち込んだ顔しないでっ。ロイルならすぐにできるようになるよ」

「う、ん」

「じゃあ、そういうことで。どんどん進んで行こっ」

「う、ん」

「せっかくだから、この穴を通ろっか？」

「う、ん」

「あははっ。ダンジョンの壁に開いた穴を通った人なんて聞いたことないよ。私たちが初めてだねっ」

「ですね。ドキドキします」

「ロイルが先頭で行こっか？」

「う、ん」

「この先のモンスターは全部【絶対不可侵隔絶空間《オムニノ・ノモレスト・セパラテイオ・ロウクス》】で倒《たお》しちゃっていいよ」

「いい、の？」

「だって、楽しみにしてたでしょ。大した報酬《ほうしゅう》じゃないからいいよ」

「あり、がと」

穴を進み、すぐに隣の部屋にたどり着いた。またもや、スライムがいる。今度は五匹だ。

「じゃあ、やっちゃいな」

「う、ん！」

俺が部屋の中央に躍《おど》り出ると、スライムが一斉《いっせい》に飛びかかってくる。

『――【絶対不可侵隔絶空間《オムニノ・ノモレスト・セパラテイオ・ロウクス》】』

さっきよりも出力を抑《おさ》えてみる。ミゲル戦みたいに弾《はじ》き飛ばすだけで済まないかな？

だが、スライムどもは俺の魔力障壁《まりょくしょうへき》に触《ふ》れ——さっきと同様に綺麗サッパリ消失した。

「う、ん……」

「ドンマイ、ドンマイ。せっかくだから、この穴進んじゃお」

俺が開けた穴はさらに壁を突き破《やぶ》って向こうまで貫通している。

二部屋、三部屋と進んでいくが、まだまだ終わりが見えない。

どんだけの威力《いりょく》なんだよ、と自分でも少し呆れる。

穴を進んでいくと、なんか、雰囲気《ふんいき》が変わってきたような。周りの壁の色もさっきまでと違うし。

「師匠、この先は……」

「しぃーっ」

不審《ふしん》に思う俺に、後ろからサンディが声をかけてきた。

だけど、なぜかディズは口に人差し指を当て、サンディの言葉を遮《さえぎ》る。

サンディは「でも……」と続けるが、「黙《だま》っておこ。その方が面白《おもしろ》いから」とディズが小声で言うのが聞こえたような……気のせいだよね。

しばらく歩き、トンネルを抜けると、そこは今までより大きい部屋だった。

そこには十数体の人型モンスターが座《すわ》っていた。

『始まりのダンジョン』のボスはゴブリンと聞いていた。きっと、コイツらがこのダンジョンのボスだろう。なんか、やけに数が多い気がするが……。

それにしても――デカっ！　もっと小さいイメージだったけど、どれも二メートル近く。一番デカいのは三メートル近くあるんじゃないか？

「ナンダ、キサマラ」

中心にいた一番大きな個体がギロリと睨《にら》んでくる。あっ、ゴブリンって喋《しゃべ》れるんだ。

冒険譚《ファンタジー》では喋るタイプと喋らないタイプがいるが、現実《リアル》のは前者だったんだな。

ボスゴブリンがギロリとこちらを睨むと、周りの取り巻きゴブリンどもが立ち上がり武器を構え、威嚇《いかく》してくる。

コイツらはギャアギャア喚《わめ》くだけ。知性は低いようだ。

だけど……怖っ。可愛《かわい》らしいスライムと違い、人型だからか、威圧《いあつ》感が違う。

「ドコカラ、ヤッテキタ」

いや、入り口から歩いてきただけだが？

噛《か》むのは目に見えているから、口には出さない。

「アリエン。ドウイウコトダ……」

なんか、向こうの方が困惑《こんわく》してる。やっぱり、壁に穴を開けたのマズかったかな？

でも、よく考えれば、ここは彼《かれ》らの住処《すみか》なわけで、そこに穴をブチ開けて、入り込んできたら、怒《おこ》って当然……いや、相手はモンスターだし。こっちが気にする必要ないな。

ボスがドデカい棍棒《こんぼう》を床に向かって振り下ろす。ドンと腹に響《ひび》く音とともに、床が大きく抉《えぐ》れ、破片《はへん》が周囲に飛び散る。

威嚇効果はバッチリ——ここが初級ダンジョンでなければな。残念だが、俺は騙《だま》されない。あの床もどうせ柔《やわ》らか素材なんだろ？

反応の鈍《にぶ》い俺に、ボスが怒って吠《ほ》える。

「オマエラ、カカレ。ブチコロセ」

取り巻きゴブリンが一斉に攻撃を仕掛《しか》けてくる。

対し、俺より先に反応したのはサンディだ。しかし、魔術を唱えようとしたサンディをディズが止める。

あっ！　そういうことか！

ディズの意図がようやく理解できた。これは、俺への気遣《きづか》いだ。初ダンジョン、初ボス——俺一人で楽しめってことだろうな。その気持ちが嬉《うれ》しい。よし、格好《かっこ》いいところを見せてやろう。

『――【絶対不可侵隔絶空間《オムニノ・ノモレスト・セパラティオ・ロウクス》】』


スライムのときよりは少し強めな障壁《しょうへき》を張る。

これなら、ゴブリン程度どうということはないだろう。

自信満々に待ち構える俺に対し――。


弓矢を射るゴブリン。

魔術を放つゴブリン。

殴りかかるゴブリン。


多彩《たさい》な攻撃を仕掛けてくる。なんか派手だけど、本当に初心者でも倒せるのか？

分かった！　見かけ倒しだ！

これは洗礼だ。ミゲルとの模擬《もぎ》戦と同じように、冒険者としての心構えが試されるんだ！

一般人《いっぱんじん》だったら、ビビって逃《に》げ出す。冒険者なら恐怖に立ち向かえ――そういう試練なんだ！

なるほど。コイツらの行動はいわゆる強敵ムーブだ。弱いくせに、ハッタリな振る舞《ま》いで強いオーラを演出してるんだ。

分かる分かる。俺もよく分かる。カッコイイよね。俺も「フハハハ」と高笑いしたい気持ちはよく分かる。だが、強敵ムーブというのは――。

「ギャアア」

「グワアア」

「ゲェエエ」

俺の障壁にぶつかったゴブリンは次々と蒸発していく。やっぱりな。

強敵ムーブというのは――主人公に無双させるために存在するんだッ！

俺は悠然《ゆうぜん》と歩き、ボスとの距離《きょり》を縮める。

ボスを守るためか、残りのゴブリンたちが俺の前に立ちふさがっ――た瞬間《しゅんかん》に消え去る。

仲間を失ったボスが立ち上がる。

「キサマ、イッタイ、ナニモノダ」

ボスゴブリンは俺よりデカい。三メートルはある。

「ダガ、オレサマハ、ボウケンシャドモヲ、ナンニンモ、ホウムッテキタ」

ボスは棍棒を振り上げる——。

「キサマモ、オナジダ、イチゲキデ、コロシテヤル」

ビビるな。ビビるな。ビビるな。

見た目は厳《いか》ついし、迫力《はくりょく》はあるけど、ただの初心者向けモンスター。

俺の障壁ならば、ぶつかるだけで倒せるに決まってる！

俺は一歩前に踏み出し、ボスの身体に触れ——。


——シュン。

——綺麗さっぱり消失した。


気持ちいいいいいいぃぃぃぃぃぃ!!!

いくらかませ役が相手であっても、無双ってこんなにテンション上がるんだな。

冒険譚《ファンタジー》の主人公に自分を重ねたときの何十倍も気持ちいい。

今の俺は、恥《は》ずかしいぐらいのドヤ顔をしているだろう。

うっかり振り返って、こんな顔を二人に見られるわけにはいかない。

俺は主人公ムーブを続けるために、気を引き締《し》めて――。

「ボスとはいえ、所詮《しょせん》は初級ダンジョンか。見かけ倒しだな」

「初ボス討伐《とうばつ》おめでとっ！」

「さすがは師匠ですっ！」

「楽勝だ。たいしたことないな」

「楽勝か～」

「師匠にかかれば、どうってことないですっ！」

「それにしても、俺だから良かったけど、初心者には厳しいんじゃないか？」

「そうだね。普通《ふつう》は無理だよね」

「Bランクパーティーでいい勝負ですからね。師匠だからですよっ！」

「…………えっ？」

サンディの言葉が耳にひっかかる。

「Bランクパーティー？」

「あははっ、ロイル、サイコーだよっ！」

ディズが腹を抱えて笑い転げる。

「やっぱり、師匠は気がついてなかったんですね」

「どういうこと？」

「初心者向けダンジョンのボスがこんなに強いわけないでしょ」

「ここはB級ダンジョンの『亜人窟』ですよ」

「…………亜人窟？　…………あっ！」

「そうです。師匠が壁をぶち抜いたから、つながっちゃったんですよ」

「…………」

ここに入る前、別《わか》れ際にミゲルが言ってた。隣の『亜人窟』へ向かうと。

じゃあ、ここは……。

「ようやく、気がついたみたいですね」

「じゃあ、アイツらは？」

「はい。ゴブリンキングとその取り巻きですね。ゴブリンアーチャーやら、ゴブリンマジシャンやら」

「ただのゴブリンと勘違《かんちが》いしたまま瞬殺《しゅんさつ》しちゃうんだもん。ビックリだよ」

「二人とも知ってたの？」

「はい。私は何度か潜《もぐ》ったことがあります」

「途中《とちゅう》で気配が変わったから、ピンときたよ」

「だから、伝えようとしたサンディをディズが止めたのか」

「ピンポーン！」

「本当は、お伝えしたかったのですが。師匠《ししょう》の本気が見たかったので」

「本気を出すまでもなかったね」

「正直、ここまでとは思っていませんでした。防御魔術で敵を倒すなんて、ありえないですよっ！」

「でも、今回はちゃんとドロップしたよ」

「ホントだ」

「私、集めてきますから、師匠はのんびりしててくださいっ！」

「うん。ありがと」

「高ランクのモンスターなら、問題ないみたいね」

「安心した」

散らばっている魔石をサンディが拾い集める。

スライムの魔石より、二回りくらい大きな魔石だ。

とくに、ボスゴブリンあらため、ゴブリンキングの魔石は拳大《こぶしだい》でデカい。

無駄《むだ》にならなくて良かったのと、俺でも活躍《かつやく》できることが判明して嬉しかった。

「ねえ、ロイル。気づいてる？」

「ん？　なにが？」

「自覚なかったんだ」

「どうした？　なにか変？」

「ちゃんと、喋れてるよ」

「…………あっ！」

無双してテンションが上がっていたからか、気づかぬうちに普通に喋っていた。

ディズに指摘《してき》されるまで、まったく気づかなかった。

無意識だったからだと思うが、意識してしまった今、まだ喋れるだろうか……。

意を決して、口を開く――。

「うん。口が動く。思ったことが、口に出る。まだ、たどたどしいかも、だけど」

「すごいじゃないっ！」

「あっ、本当ですっ！　師匠が話してますっ！」

戻って来たサンディもようやく気がついたようだ。

「二人の、おかげだよ。二人が俺を受け入れて、くれた。上手《うま》く、喋れなくても、肯定《こうてい》してくれた。だから、自信が、ついた」

興奮していたのもあるが、根底にあるのは二人への信頼《しんらい》感だ。この感謝は一生、忘れない。

「ロイルはずっと真《ま》っ直《す》ぐに生きてきたよ。相手に恵《めぐ》まれなかっただけ」

「そうですっ！　師匠の偉大《いだい》さを理解しない愚者《ぐしゃ》が悪いんですっ！」

「うん。ありがとう。これからもよろしく頼《たの》む」

「こちらこそだよっ！」

「師匠にずっとついていきますっ！」

ダンジョン内であることも忘れ、しばし感慨にひたり、空気が収まってきたところで、ディズが口を開いた。

「さてと……」

ちょっと、白けた調子だ。

「今さらだけど、この後、どうしよっか？　寄り道だけど『始まりのダンジョン』を攻略《こうりゃく》しときたいんだよね」

Ｂランクモンスターを倒した後に、ゴブリンとの戦闘など、蛇足《だそく》以外のなにものでもない。

「あらためて、ロイルのためにはここの初回クリア報酬が必要になったからね」

「確かにそうですね」

サンディは分かっているようだ。なら、答えはひとつ。俺は頷《うなず》いた。

ということで、俺たちは『始まりのダンジョン』に戻り、奥《おく》を目指すことになった——。


——シュン。

——シュン。

——シュン。

——シュン。

——シュン。


一時間後。

俺に向かって来たゴブリン五体が消失した。『始まりのダンジョン』のボスだ。まったく手応えがなかった。まあ、初心者向けダンジョンのボスなら、この程度だよな。

なんで、俺は勘違いしたんだろうか……。

ゴブリンたちが全滅《ぜんめつ》すると、部屋の中央に現れたのは——。

「あっ、……宝箱！」

「ええ、これがこのダンジョンの初回クリア報酬だよ」

ひと抱えほどの大きさの木箱だ。初めて見るが、一目で宝箱と分かる意匠《いしょう》をしている。

「開けてみなよ」

「うん」

ダンジョンのクリア報酬。人生初の宝箱だ。初心者向けダンジョンなので、あまり期待はできない。

それでも、胸が高鳴る。戦闘とは別種の高揚感だ。ワクワクしながらフタを開ける。

「これ……は…………」

箱の中にあったのは小さな赤銅色《しゃくどういろ》の丸いメダル。ちょっと拍子《ひょうし》抜《ぬ》けだ。

「目的も済んだし、帰りましょ」

「えっ、……あ、うん」

「お疲《つか》れ様《さま》でしたっ！」

——帰り道も何の起伏《きふく》もなく、普通にダンジョンから脱出《だっしゅつ》し、街に戻った。

「ギルドに行こ。このメダルの意味が分かるよ」

「メダル……」

「師匠は知らないんですね」

「ああ、ディズがナイショって」

このメダルの意味をまだ教えてくれない。早めに取っておきたいと、ディズは言っていたが……。

冒険者《ぼうけんしゃ》ギルドに戻り、受付をチラリと見るとモカさんと目が合う。こっちに向かって手を振るモカさん。周囲の男性冒険者から睨まれる。うーん、気まずい。

「ディズ、お願い」

「あはは。おっけー。でも、明日は自分でやってね」

ディズが代わりになってくれた。モカさんの少し寂《さび》しそうな顔に罪悪感を覚える。

「終わったよ～。まずは、報酬ね。一人五〇〇ゴル」

子どものお使い並みだ。串《くし》焼《や》き二本食べたら、なくなってしまう額だ。

それでも、冒険者としての初収入は嬉しかった。こんなに重たい五〇〇ゴル硬貨《こうか》は初めてだ……。

「はい、これ。返すね」

受け取った冒険者タグはランク表示がFからEに変わっていた。

「あのメダルで昇格《しょうかく》が認められるんだよ」

そういうことだったのか。普通は依頼《いらい》を所定の数だけこなして昇格するのだが、この方法でショートカットできるのか。

「やったね。これでまともな依頼が受けられるよ」

「う、ん」

Eランクになれば、受けられる依頼も増える。Fランクの依頼は、街の中でのお使いや肉体仕事ばかり。Eランクになってようやく街の外での依頼が受けられるのだ。今日は一波乱あったが、俺は満足して冒険者ギルドを後にした——。

◇◆◇◆◇◆◇

——翌朝。

今日も早起きだ。門番時代に染《し》みついた習性で、日の出前には目を覚ます。着替《きが》えてからリビングに向かう。まずはコーヒーをセット。コーヒーはそれなりの値段なので、門番時代は飲んだことがなかった。ディズに影響《えいきょう》されてハマってしまったのだ。できたコーヒーに口をつけながら、タブレットを起動し、『冒険者日報』を開く。ディズに勧《すす》められた冒険者向けの新聞だ。

どれどれ、と記事の一覧に目を通す。トップ記事はハイランク冒険者たちの活躍につい
て書かれていた。格好いい装備を身にまとった画像とインタビュー記事だ。ディズに「有
名冒険者の名前くらい覚えようね」と言われたので、しっかりとその名を胸に刻みこむ。

それからいくつか記事のタイトルを見ていき、思わず目を引かれたのは――。

――メルキ東のエストの森でスタンピード消失⁉

ブゥ――ッ‼

思わずコーヒーを吹《ふ》いてしまった。

先日の件は、俺が思っていたより大事《おおごと》らしく、記事では大げさに騒《さわ》ぎ立てられていた。
なんでも、前代未聞《ぜんだいみもん》の現象らしく、王都から専門家が調査のために派遣《はけん》されるそうだ。

……うん。絶対に俺がやったとバレるわけにはいかなくなった。

冒険者日報の記事で気になるものを読み、次は本だ。

読むのは『モテるための会話術』――ではない。ディズから勧められたもう一冊の本で、タイトルは『冒険者入門』だ。昨晩も遅《おそ》くまで読んだのだが、今朝はそのおさらいだ。新聞とは違い、この本は今日からでも使える知識ばかりだ。理論的に小難しいことが書かれているのではなく、「こういう場合にはこうしたらいい」と実際にあるシチュエーションでのテンプレ回答が並んでいた。

たとえば、ギルド受付職員とのやり取り。

たとえば、他の冒険者とのつきあい方。

たとえば、ぼったくられない買い物の仕方。

――これはすごいっ！

どれも俺が不安に思っていたことばかりだ。だけど、この本に載《の》っているテンプレ回答を丸暗記して使えるようになれば、俺でも問題なく他人とコミュニケーションがとれるじゃないかっ！

さすがはディズが勧める本だ。俺は回答例を口に出して練習する――。

「おはよっ」

声をかけられ、顔を上げる。今日も眩《まぶ》しいディズの笑顔《えがお》。

「あっ……」

相槌《あいづち》の後にタメを作り、ぎこちない笑顔で――。

「おはよう」

つっかえずに言えた。

「うん！　昨日より上手！　やったね！」

褒《ほ》められて、嬉しくなる。

俺の返事は――。

「おお……ホント？　ディズのおかげだよ。うん……ありがとう」

そんなやり取りをしているとサンディも起きてきた。今日も立派な魔女《まじょ》っ子《こ》スタイルだ。

彼女《かのじょ》との朝の挨拶《あいさつ》も無事にこなし、食事を済ませる。その後、支度《したく》を済ませ、三人でギルドへ向かった――。


ギルドに入り、掲示板《けいじばん》から依頼を探す。今日はみんなで森へ向かう。一昨日スタンピードが起きたエストの森ではなく、街の南側に位置するサスの森だ。

エストの森は今日も調査の冒険者が多い。人目を避《さ》けたい俺たちは人気のないサスの森を選んだ。

「これと、これ。あとは、これにしましょっ」

ディズが三枚の依頼票《いらいひょう》を掲示板から剥《は》がす。どれも、サスの森にいるモンスターの討伐《とうばつ》依頼《いらい》だ。

「勉強したんだよねっ？　じゃあ、試《ため》してみよっか」

「師匠、頑張《がんば》りましょう！」

「うん」

ディズから依頼票を渡《わた》された。今回は俺が依頼受注するんだ。

『冒険者入門』で学んだことを思い出す。

――ギルド職員とは良好な関係を築けるように心がけましょう。

――粗野《そや》でぶっきらぼうな態度が格好良いと考える冒険者が多いです。

――しかし、それは間違《まちが》い。職員も人間です。乱暴な相手よりも礼儀《れいぎ》をわきまえている相手を優遇《ゆうぐう》したいと思うのも当然です。

――大切なのは、挨拶と笑顔。そして、柔らかい物腰《ものごし》。

――その三つだけで、職員に好印象を与《あた》えることができます。

――職員に気に入ってもらえれば、有益なアドバイスを受けられ、割りのいい依頼を勧めてもらえます。

挨拶。笑顔。柔らかい物腰。

さっそく、実践《じっせん》だ。大丈夫《だいじょうぶ》、依頼の受け方はちゃんと覚えている。

——まずは「おはようございます」と笑顔で挨拶。

——依頼票と冒険者タグを手渡《てわた》して、「この依頼を受けたいので、手続きをお願いします」。


俺はテンプレ回答を口の中で繰《く》り返しながら、受付カウンターに向かう。

朝の時間帯、ギルド内は依頼を受ける冒険者で混み合っている。いくつかある受付カウンターはどこも数人の列ができていた。

俺が選んだのはモカさんの列だ。彼女の気持ちを知ってるので、少しやりづらい。嬉しいんだけど、コミュ障の俺にどうしろと。ただ、いつまでも逃げていられないし、モカさんなら失敗しても笑ってくれるだろう。そういう思いだ。

モカさんの列は他の列より人数が多かった。並んでいるのは男性冒険者ばかり。やっぱり、彼女は人気者なんだよなあ。列が長いのは、俺にとっては大歓迎《だいかんげい》だった。順番を待つ間、イメージトレーニングができる。俺は小声で「おはようございます」、「この依頼を受けたいので、手続きをお願いします」と繰り返す。

セリフは頭にすっかり入っている。問題は口が上手く回るかどうかだ。そして、俺の番がやってきた。うわ。朝からめっちゃ笑顔だよ。緊張《きんちょう》してきた。

「おはよっ、ございます」

「おはようございますっ、ロイルさん」

ちょっと噛んでしまった……。

動揺《どうよう》したけど、練習したおかげで、次の言葉がなんとか出てくる。

「依頼、お願いしま、す」

なんとかセリフを言うことができた。

「はい。依頼受注ですねっ」

モカさんが笑顔で応える。さっきまでの冒険者とあからさまに対応が違う。俺は捕《つか》まらないように、依頼票と冒険者タグをサッとトレイに載せる。目の前の猫耳《ねこみみ》がしょぼんと垂れて、いたたまれないが、グッと我慢《がまん》だ。

「サスの森は周辺部は安全ですが、奥に入ると危険ですので、気をつけて下さいねっ！」

彼女の目からウィンクが飛んできた。

「ありがとう……ございます」

依頼票と冒険者タグを受け取るときは、やっぱり手を握《にぎ》られた。

なんとかミッションをこなし、背中に熱い視線を感じながら、少し離《はな》れた場所でやり取りを見ていたディズとサンディのもとへ戻った。心臓がバクバクだ。

「すごいじゃないっ！」

「そう？」

完璧《かんぺき》ではなかった。でも、ディズは手放しで褒めてくれる。

「さすがです、師匠！」

「うん」

サンディも持ち上げてくれるけど、依頼受注できただけで褒められる師匠って一体なんなんだろうか……。

俺の顔を見て、ディズがさらにフォローしてくれる。

「どんなことでも、初めは緊張するものだからね。気にすることないよ」

「うん……ディズも、そうだった？」

「私も慣れないうちは、いろいろ失敗したからね。だから、大丈夫」

「ええっ……ディズでもそうなんだ」

その言葉に励《はげ》まされ、気持ちが軽くなる。俺の知る限り、ディズは何事にも物怖《ものお》じしない。受付嬢《うけつけじょう》や他の冒険者とも臆《おく》することなく、積極的にコミュニケーションを取っている。

伯爵家《はくしゃくけ》で歓待《かんたい》されたときも、堂々とした態度だった。

俺にとっては初めての体験ばかりだったが、ディズにとっては慣れていることなのだろう。

元聖女らしいし、今までどういった人生を歩んできたんだろうか……。

サスの森を目指すため、俺たちはギルドを出て街の南門へ向かう。

今日は朝から日差しが強く、プレートメイルを容赦《ようしゃ》なく照らしつける。だが、夏の酷暑《こくしょ》も、冬の極寒《ごっかん》も耐《た》えてきた俺にとっては、さほどでもない。

街道《かいどう》を進んでいき、サンディの額に薄《うっす》らと汗《あせ》がにじんできた頃《ころ》、後ろから声をかけられた。

「おう、ロイル！」

声をかけてきたのは、昨日と同じくミゲルだった。

彼のパーティーメンバーらしき人たちと一緒《いっしょ》だ。

「今日も会うとは奇遇《きぐう》だな。お前たちもエストの森か？」

「ううん……サスの森」

「あの森は危険だからあんまり深く入るなよ……って言いたいところだが、オマエたちなら問題ないな。でも、ムチャするなよ」

「ああ……親切にありがとう」

ミゲルたちとぎこちない会話を交《か》わしながら進んでいく。彼らが気安いせいか、あまり緊張せずに話せた。

南門から延《の》びる街道はしばらく南東に向かい、やがて、二手に分かれる。

エストの森がある東方面に向かう街道と、俺たちが向かうサスの森がある南方面に向かう街道だ。分岐路《ぶんきろ》で俺たちはミゲルたちと別れる。

Bランクパーティーであるミゲルたちはエストの森の奥深《おくふか》くに踏《ふ》み入り、スタンピードの調査をしながら、モンスター狩《が》りを行うそうだ。

「頑張れよっ！」

「はいっ」

街道を南に進んで行く。それからしばらく歩くと、サスの森が見えてきた。

サスの森は南に向かう街道の西側に位置している。

比較的《ひかくてき》安全なエストの森は街道がその中を突《つ》っ切っている。

だが、サスの森は危険度が高く、街道は森を迂回《うかい》するかたちで通っている。

森の中は危険だ。

ダンジョン内は出現するモンスターが固定されているので、力量に見合った場所を選べば、それほど危険ではない。

しかし、森の中ではそうはいかない。いきなり、想定外のモンスターと遭遇《そうぐう》することもある。しかも、サスの森には強く凶暴《きょうぼう》なモンスターが生息している。

普段《ふだん》は中心部にいるソイツらが、気まぐれに入り口付近まで出てくることもある――昨日購入《こうにゅう》した『冒険者ガイド：メルキ編』にそう書いてあった。

外縁《がいえん》部は比較的安全で、Eランク向けの依頼もあることはあるが、その危険度ゆえ、人気がない。

この森に入っていくのはそれなりの実力を備えたCランク以上の冒険者たちだ。

そして、今日、彼らのほとんどはサスの森ではなくエストの森の調査に向かっている。

『――【世界を覆う見えざる手《ムンドウス・コウヴェ・インヴィジ・マヌス》】』

森に入り、魔術《まじゅつ》で内部を調べる。

「大丈夫。冒険者は周辺部にしかいない」

「これなら、ロイルがぶっ放しても平気だね」

「師匠の魔術、楽しみですっ！」

「上手くいくと、いいんだけどね」

今日の目的は討伐依頼もあるが、メインはサンディとの魔術修業《しゅぎょう》だ。

気持ちが冒険者モードに切り替《か》わったからか、昨日のダンジョンみたいに上手く喋れる。

「ちょっと、地図見せて」

「ああ、今、出すよ」

タブレットから『冒険者ガイド：メルキ編』を開き、サスの森の地図を表示させる。

「どれどれ……サンディちゃん、ここは？」

「ああ、ここなら、絶対に誰《だれ》も来ないですよ」

ディズが示したのは、かなり奥まで踏み入ったところ。不自然に開けた場所だった。

「じゃあ、この辺りにしよっか？」

「はいっ！」

「ああ、そうしよう」

タブレットの地図を片手に、森に入って目的地を目指す。

「一応、依頼もこなしておかないとね。対象モンスターがいたら教えてね」

「うん。任せて」

森の中は木々の枝葉で日差しがさえぎられ、涼《すず》しい風が吹いている。

モンスターが出現する危険はあるが、街道に比べて過ごしやすかった。

「あっちにホーンラビット三体」

「おっけー」

額に角がひとつ生えた兎《うさぎ》型のEランクモンスター。

討伐依頼対象のひとつだ。

もちろん、ディズの相手にはならない。

三体とも手刀一撃《いちげき》で頭部と胴体《どうたい》が切断された。

倒《たお》すと消えるダンジョンモンスターと違《ちが》って、死体がちょっとグロい。

ホーンラビットは角、肉、毛皮と身体の大部分が買い取り対象だ。

引いている俺にディズがマジック・バッグを押《お》しつける。

「ほら、練習だよ」

「うっ、うん」

恐《おそ》る恐るマジック・バッグをホーンラビットに近づけると、死体はスッとマジック・バッグに吸《す》い込《こ》まれる。この不思議な感覚はまだ慣れない。

でも、死体を掴《つか》んで入れる必要がないから、なんとか俺でも出来る。

続けてホーンラビットをポンポンとしまい込んでいく。

「やってみたら、たいしたことないでしょ？」

「うん」

マジック・バッグは内部の時間が経過しないから、新鮮《しんせん》なまま持ち運べる。

普通のEランク冒険者だと、こうはいかない。マジック・バッグは高額なので、彼《かれ》らには手が届かない。なので、通常は解体して必要部位だけを持ち帰る。

解体はそれなりの知識と経験が必要となる作業だ。『冒険者入門』には解体の仕方も載っていたけど、俺にはサッパリだ。マジック・バッグがあって、助かった。

「ディズさんも強いんですねっ！　さすがは師匠のパーティーメンバーですっ！」

「うん。ディズは凄《すご》いんだよ」

「あはは。ロイルの方が強いくせに」

「私も負けてられませんっ！」

◇◆◇◆◇◆◇

その後も依頼対象モンスターを必要数だけ倒しつつ、目的地にたどり着いた。ここまで来るのに一時間近くかかってしまった。

「けっこう時間かかったな」

「なに言ってるの。ロイルの探知魔術なしだったら、こんな早く終わらないわよ」

「Eランク冒険者なら、一日がかりの依頼です」

「えっ……そうなんだ？」

「森全体を探知できる魔術なんて、師匠しか使えないですよっ！」

「えっ……」

相槌を打ってから、慌《あわ》てて口を閉じる。「これくらい普通でしょ？」というテンプレ台詞《ぜりふ》を呑《の》み込むために。危ないところだった。相槌の後に間を取る練習をしておいて良かった。サンディが持ち上げてくれるから勘違いしそうになるが、上からのテンプレ台詞は冒険譚《ファンタジー》の主人公だから許されるわけで、現実《リアル》にいたらただの痛いヤツだ。

「うわぁ、草木一本生えてないわね」

この場所は直径一〇〇メートルほどの広い空間で、雑草ひとつ存在しない剥《む》き出しの更地《さらち》だ。

「なんでも、昔、とあるSランクパーティーがドラゴンをおびき寄せて戦うために切り拓《ひら》いた場所らしいですよ」

「えっ……そうなんだ！」

「はいっ。熾烈《しれつ》な戦いの末、そのパーティーは無事にドラゴンを討伐したのですが、魔力の残滓《ざんし》とドラゴンの血によって汚染《おせん》され、ここは草木が生えない不毛の地と化してしまったそうです」

すげー。ドラゴンスレイヤーとか、カッコ良すぎるだろ。

その思いが顔に出ていたのか、サンディに言われた。

「師匠だったら、ドラゴン相手でも余裕《よゆう》ですよっ！」

「ああ、ロイルならやっちゃいそうね。魔術一発でいけるんじゃない？」

「そう？」

二人に褒められ、嬉《うれ》しい。

「ドラゴンとダンジョンの壁《かべ》、どっちが頑丈《がんじょう》なのかな？」

ディズの軽口に笑いが起きる。

「ドラゴンを倒した人の話は聞きますが、ダンジョンの壁に穴を開けた話は聞いたことないですね」

「あはは……」

「そういうわけで、冒険者もモンスターも寄りつかないんです。ここなら、師匠の魔術ぶっ放し放題ですねっ！」

「まあ……やってみるよ」

たしかに、ここなら魔術で地面に穴を開けたり木をなぎ倒したりしても問題ないだろう。

魔術修業にうってつけだ。

「じゃあ、お昼頃《ひるごろ》に戻《もど》ってくるよっ。頑張ってねっ」

「うん……頑張る！」

ディズは森の中へ踏み入っていった。

この森でモンスター討伐依頼を受けたのは建前だ。実際、依頼はもう完了《かんりよう》している。俺とサンディは魔術修業のためだし、ディズはディズで彼女なりの理由がある。

「始めようか」

「はいっ！　よろしくお願いしますっ！」

といっても、正直なところ、俺に教えられることはなにもない。

サンディから聞いた話なのだが、普通《ふつう》の魔術師《まじゆつし》は、身体の中にある魔力を操作して、詠《えい》唱《しよう》したり魔術陣《まじゆつじん》を描《えが》いたりして、魔術を発動させる。そのためには地道な修業が必要。

だが、俺の場合は「これ出来たらカッコイイよね？　えいやっ、ずばんっ、どっかーん！出来ちゃいました！」って感じ。まったく参考にならない。

そういうわけなので、どうするか昨晩サンディと話し合った。

その結果――。

――大丈夫ですっ！　師匠の魔術を見せていただくだけで十分ですっ！

第一印象のせいでサンディはポンコツなイメージだが、実は優秀《ゆうしゅう》な魔術師だ。

とりわけ、魔術解析《かいせき》が得意だそうだ。大抵《たいてい》の魔術でも何回か見れば、自分でも使えるようになるんだと。

――その魔術はさっき見た。俺ならもっと上手く使えるぜ。

てな感じで、敵の必殺魔術を見破った上、倍返しでやっつける。うん。いかにもチートな主人公の能力だ。カッコイイ！

――師匠の魔術は何回か見せていただきましたが、まったく理解できませんでした。でも、必ずやマスターしてみせますっ！

昨日、そう言っていたが、今も期待の眼差《まなざ》しを俺に向けている。

これは師匠として、頑張らないとな。

「行くよ。よく見てて」

さあ、修業の時間だ。

俺の課題は魔術の出力コントロール。

通常、魔術修業といえば、より強い魔術の習得を目指すものだ。

だが、俺はその真逆をいく。より弱い魔術を撃《う》つのが目標だ！

【すべてを穿つ《オムニス・カウウス》】でダンジョンの壁に穴を開けたり、【絶対不可侵隔絶空間《オムニノ・ノモレスト・セパラティオ・ロウクス》】で向かってきたモンスターを消滅《しょうめつ》させたりせずに済むようになるのが目標だ。

俺ならば【絶対不可侵隔絶空間《オムニノ・ノモレスト・セパラティオ・ロウクス》】を発動して歩いて行くだけで、ダンジョンをクリアできる。

でも、それ、カッコ良くないよね。離れた場所から魔術を飛ばしてモンスターを倒す——

——それこそが正しい、カッコイイ魔術師のあり方だ。

というわけで、丁度いい程度の【すべてを穿つ《オムニス・カウウス》】を撃てるようになろう！

では、どうやってトレーニングするか？

それも昨晩、サンディと話して、決めてある。

まずは――もっともお手軽な方法だ。

俺はマジック・バッグから腕輪《うでわ》を取り出す――魔力封《まりよくふう》じの腕輪だ。金色の禍々《まがまが》しいデザインをしていて、少しためらわれるが、それを腕にはめる。

サンディによると、この腕輪は一定以上の魔力は吸収してしまうそうだ。

魔道具《まどうぐ》技師が魔道具作製の際に繊細《せんさい》な魔力操作をするために使ったり、犯罪者が魔術を使えないようにしたり、というのが本来の使い方だ。

俺の課題である出力コントロールにぴったりの腕輪だ。アイテム任せではあるが、これで上手くいけば話が早い。

さっそく試してみよう。

出力は最小限にして。

念のために真上に向けて――。


『――【すべてを穿つ《オムニス・カウウス》】』

上に飛び、すぐに消滅する魔弾《まだん》。いつもより、はるかに弱体化されている。これなら、ダンジョンの壁に穴を開けることもない。

腕輪の効果は想像以上だ。「実験成功！」と快哉《かいさい》を叫《さけ》びたいところだが、ただ、ひとつ問題が――。

「やっぱり、師匠《ししょう》の魔力の前には、まったく役に立ちませんでしたね」

「…………うん」

サンディの言う通りだ。俺は地面に視線を落とす。そこに散らばるのは、砕《くだ》けて粉々になった金色の粉末。

たしかに腕輪は威力《いりょく》を抑《おさ》えてくれた。ただ、役目を果たした腕輪は、一発でお亡《な》くなりになられた……。

高かったのにっ！　門番時代の年収以上だったのにっ！

いくら有効だとは言え、これを使い捨てアイテム扱《あつか》いするわけにはいかない。伯爵《はくしゃく》資金でも、すぐに底をついてしまう。やっぱり、安易な方法はダメだ。地道に修業するしかない……。

「そんなに甘《あま》くはないか……じゃあ、次だ」

「はいっ！」

サンディが期待の眼差しを向けてくるが、やることはシンプル。

『──【すべてを穿つ《オムニス・カウウス》】』


威力を最小限に抑えるイメージで、魔弾を空に向けて放つ。

飛んでいった魔弾は雲を突き抜《ぬ》け、それと同時に、雲は霧散《むさん》してしまった……。

「えっ……」

「すっ、凄いです！　まさか、雲が……」

サンディの顔からも、これがあり得ないことだと理解できる。

「これじゃ……練習できない」

「ですよね……」

俺の魔弾は目には見えない。俺が魔弾を撃つたびに、空に浮《う》かぶ雲が消えていく。

ただでさえ、スタンピードの件でメルキに注目が集まっているのに、こんな異常事態が
バレたらとんでもないことになりそうだ。

「じゃあ、次の方法で」

「はいっ！」

『――【絶対不可侵隔絶空間《オムニノ・ノモレスト・セパラティオ・ロウクス》】』

今度は魔力障壁《まりょくしょうへき》を張る。ダンジョンで活躍《かつやく》した防御魔術《ぼうぎょまじゅつ》――ぶつかった相手を消滅させる、だ。

さっきの魔弾とは逆に、今度は出力を上げていく。魔力を込めるイメージで、ドンドン強力にしていくと――。

「しっ、師匠……」

サンディが青ざめた顔で膝《ひざ》をつく。俺は慌てて障壁を解除した。

「ごっ、ごめん。大丈夫？」

「しっ、死ぬかと思いました……」

「なにが起こったの？」

「師匠の強力な魔力にあてられて、気分が悪くなりました。私だからこの程度で済みましたが、普通の人や弱いモンスターならあれだけで死んじゃいます」

「なんだと……」

障壁の新たな効果が明らかになった。離れた場所にいる敵を殺せる。なんか……俺の知っている魔力障壁からどんどん離れていく。

「ごめん。今度はゆっくり出力を上げてくから、ダメだと思ったら手を挙げて」

サンディの調子が戻るのを待ってから、再開する。


『――【絶対不可侵隔絶空間《オムニノ・ノモレスト・セパラテイオ・ロウクス》】』


ゆっくりと、ゆっくりと――。

サンディが手を挙げたので、少し出力を落とす。

「大丈夫?」

「はいっ。これなら、なんとか」

「じゃあ、このままで」

サンディに害が及《およ》ばないギリギリの出力を維持《いじ》する。これが、俺たちが考えた三つ目の修業法《しゅぎょうほう》だ。これまた、シンプル。なぜ、こんなことをするかと言うと、昨日サンディとこんな会話をした。

「原因は師匠の魔力が多すぎるからです」

魔力量測定の結果、俺の魔力量は九九九九。測定器の限界以上というあり得ない数値だ。

魔力が多いほど、魔術の効果が大きくなる。俺の場合はそれが多すぎるせいで、細かい調整ができないのだ。

「だから、魔力をほとんど使い切ればいいんじゃないのかと」

「ああ、残り魔力が少ない状態にして、魔力が少ない人と同じ効果を得ようというのか。分かった、それも試してみよう」

というわけで、俺は突っ立ったまま、魔力障壁をキープする。これ自体は特に苦労もないのだが、ひとつ問題がある。黙《だま》って立っているだけだと、あの忌《い》まわしい門番時代が思い出されるのだ。なので――。

「サンディのことが知りたい。話してくれる？」

「はいっ！　喜んでっ！」

これなら、楽しいし、サンディのことも知れるし、会話練習にもなる。一粒《つぶ》で何度も美《お》味《い》しい修業を続けるのだ――。

◇◆◇◆◇◆◇

「ただいま～」

修業に集中すること二時間。

ディズが戻ってきた。

「おかえり。どうだった？」

「ダメだね～。EランクやDランクばっかり。そっちはどう？」

俺は首を横に振《ふ》る。二時間、魔力障壁を張り続けても、まったく変化が感じられなかった。本当に魔力が減ってるのかどうか、それすらも分からない。

「基本的に魔力は時間とともに回復するんです。師匠の場合はもとの魔力が多すぎるせいで、魔術使用よりも回復スピードが速い可能性があります」

「ありゃりゃ、それが本当なら、最強だね。でも……」

「ああ、目的には絶対にたどり着けない」

「そう簡単にはいかないか。サンディちゃんは？」

「楽しかったし、勉強になりましたっ！　師匠の魔術は私の知っている魔術とは全然違う

――まだそれしか、分かっていないです」

「こっちも遠そうね」

「でも、師匠の魔術が見られるだけでも、大満足ですっ！」

「そっかそっか」

「それに、師匠といっぱいお話できましたっ！」

「良かったね」

「はいっ！」

「じゃあ、ご飯にしよ。お腹空《なか》いちゃった。丁度いいの仕入れてきたよ」

ディズがマジック・バッグからモンスターの死体を取り出す。

「ファッティボアだよ」

Dランクのイノシシ型モンスター。脂《あぶら》がのっていて、とっても美味しい肉だ。しかも、新鮮な状態。期待が高まる。

「サンディちゃん、お願いね」

「任せてくださいっ！　こういうの得意なんですっ！」

ボアはサンディの火魔術で丸焼きにされた。繊細な魔力操作によって外はパリパリ、中はジューシー。最高の仕上がりで、あっという間に食べ尽《つ》くしてしまった。俺には出来ないことなので、サンディを尊敬する。これがちゃんと教育を受けた一流の魔術師だ。

今日、森に来た目的。俺とサンディは魔術修業だ。そして、ディズの目的は――格上モンスター狩りによるストレス発散だ。

ディズは見かけによらず、戦闘《せんとう》が大好きだ。それも、強い相手とのヒリヒリするような戦闘が。聖教会から逃《に》げ出してきてから、しばらくまともな戦闘はしていない。強いモンスターと戦いたくてウズウズしているのだ。

だが、狩りから帰ってきたディズは不満そうな顔だった。多少奥《おく》まで踏み入ったとは言え、中心まではまだ五キロメートル近くある。ディズが期待しているような大物モンスターと出会うためには、さらに奥まで行く必要があるみたいだ。雑魚《ざこ》モンスターばかりで、余計にフラストレーションが溜《た》まったのだろう。

「午後はもっと奥まで行ってみるよっ」

よしっ、俺たちも修業頑張《がんば》るぞっ！

簡単な昼食を済ませると、ディズはまた狩りに戻っていった。

◇◆◇◆◇◆◇

——夕方が近づいてきた頃、ディズが帰ってきた。

「たっだいま〜〜」

昼に比べてご機嫌《きげん》なディズ。満足する狩りだったのだろう。聞くまでもない——と以前の俺だったら、「う、ん」と返すだけだった。

でも、俺は学んだ。会話は情報のやり取りだけじゃないんだ。実際、会話のほとんどがどうでもいい内容だ。だけど、それでも、人は話す。気持ちのやり取りをするために。

「おお……さすがだね。どう、楽しかった？」

「うんっ、ばっちりっ！」

ディズはVサインを笑顔《えがお》の横に添《そ》える。

ああ、聞いて良かった。こっちが一歩踏み出せば、相手も一歩近づく。たったこれだけのことでディズの満面の笑みを引き出せるんだ。

「ロイルは元気そうだけど、サンディちゃんは大丈夫？」

「だい……じょぶ……でう」

地面に座《すわ》り込んだサンディが弱々しい声で答える。言葉が途切《とぎ》れてるのは俺《おれ》のようにコミュ障なのではなく、疲《つか》れ切っているからだ。

「ロイルの修業はそんなに厳しいんだ？」

「いえ、私が……力不足な……だけ、です」

「俺を的にして、魔術を撃ってもらっただけだよ」

「うわあ、大変だね」

障壁というのはダメージを受ければ弱まる。補強するには魔力を追加しなければならない。サンディに魔術を撃ってもらえば、その分、魔力消費が増えるのでは、と期待したのだが、午前中との違いが分からなかった。サンディの魔力が空っぽになっただけだ。

明日は、違う方法を試《ため》してみよう。

「でも、まだ初日だから、焦《あせ》らなくていいからね。帰り道にどんな調子だったか聞かせてよ」

「うん……俺も聞いて欲《ほ》しい」

ディズの言う通りだ。最初からそう、上手《うま》くいくとは思っていない。焦らずじっくりと取り組んでいこう。

その後、今日の修業について話しながら、俺たちは街に帰還《きかん》した――。

◇◆◇◆◇◆◇

メルキの街に戻った俺たちは、冒険者《ぼうけんしゃ》ギルドの裏手にある解体場を訪《おとず》れていた。

手続きを行うのは俺だ。練習のおかげで、兜《かぶと》を被《かぶ》った状態なら、それなりに話せるようになったからな。

応対したのはクマの獣人《じゅうじん》。ガッシリとした体つきで、俺より数センチ低いだけの長身だ。

くすんだ色の前掛《まえか》けはモンスターの血で汚《よご》れていた。

「おう、サンディじゃねえか。珍《めずら》しいな」

サンディは普段はダンジョンに潜《もぐ》っており、ダンジョンのモンスターは死ぬと魔石《ませき》を残して消滅する。ここに来るのは、外でモンスターと戦う冒険者だ。

「はいっ、ついにこちらの二人とパーティーを組むことになりました」

「へえ、ついに落ち着いたのか、うんうん」

男は娘《むすめ》を見るような眼差しをサンディに向ける。そして、俺とディズを見て、

「おっ、見ない顔だな。メルキには来たばかりか？」

「ああ……数日前に」

「よろしく～」

「彼女《かのじょ》はディズさん。そして、こちらは私の師匠、ロイルさんです」

「師匠だって⁉　コイツが⁉」

「はいっ！　師匠の魔術は凄いんですっ！」

「……まあ、詮索《せんさく》はよくねえな。俺はウルスだ。ヨロシクな」

いかつい顔の割に、気安い男だった。

「ああ……これ、依頼票《いらいひょう》」

サンディに教わった通りに、今朝受注した三枚の依頼票と三人分の冒険者タグをウルス

に手渡《てわた》す。

ウルスは訝《いぶか》しむ表情を浮かべる。

「Eランク？　ちっともそう見えねえし、サンディの師匠なんだろ？」

「ああ……それも、数日前」

「この街に来てから、冒険者になったんだよ」

「師匠とミゲルさんの模擬《もぎ》戦のこと、聞いてませんか？」

「ああ、お前さんが例の人物ってヤツか。それじゃ、獲物《えもの》を出してくれ」

「ロイル、お願い」

「うん」

俺はマジック・バッグを開け、空いたスペースに狩《か》った獲物を並べていく。

ホーンラビット。

マッドドッグ。

イエロースネイク。

この三つは依頼《いらい》の討伐《とうばつ》対象だ。なんの問題もない。

ただ、続いてディズが取り出したモンスターの山を見て、ここまでは平静だったウルスが顔を引きつらせる。

数十体のDランク、Cランクモンスターの山。

そして、極《きわ》めつけがBランクのワイバーン。

一〇メートルを超《こ》える死体に、ウルスだけでなく、周囲から驚嘆《きょうたん》の視線が集まる。

「おいおい…………」

「サスの森って危ないんだね。浅いところで依頼をこなしてたら、いきなり襲《おそ》ってくるんだもん」

「うん……危なかった」

「そっ、そうですよっ」

「そんなわけねーだろっ!!」

豪快《ごうかい》なツッコミが入るが、彼の言う通りだ。もし本当ならば、昨日のスタンピードどころの話ではない。

ウルスは俺とディズを交互《こうご》に見つめ、そして、サンディに視線を合わせる。

彼女は嘘《うそ》がつけない性格で、あからさまに目が泳いでいる。

しばらくサンディを見て、それからウルスは大きな息を漏《も》らす。

「…………まあ、あんまり派手なことするなよ」

俺たちの言葉が嘘と分かりつつも、ウルスは見逃《みのが》してくれた。

「これだけあると、査定に時間がかかる。明日の朝に受付に行ってくれ」

「ああ……頼《たの》んだ」

「うんっ。ヨロシクねっ！」

「お願いしますっ」

「はあ、残業だ……」と呟《つぶや》くウルスを背に、俺たちは解体場を離《はな》れた――。

◇◆◇◆◇◆◇

――翌朝。

いつも通り早起きをした俺は、コーヒーを飲みながら『冒険者日報』を開く。

大きな見出しが目を引いた。

――バテリ需要《じゅよう》の高まりによって、価格が高騰《こうとう》。

『バテリ』とは魔道具のエネルギー源だ。これがないと魔道具は使えない。バテリを発明し、独占《どくせん》しているのはヴェルデン公爵《こうしゃく》で、その製法は秘匿《ひとく》されている。なので、公爵のさじ加減で、市場に出回るバテリの供給量が決まるのだ。そして、最近は供給が需要に追いつかず、価格がどんどん上昇《じょうしょう》している。

魔道具を使用する者には打撃《だげき》だが、公爵にとっては高い価格で売れて大儲《おおもう》け。世間では公爵がわざと供給量を制限してるのでは、という批判が高まっている――という内容だった。

俺には少し難しい話だったが。簡単に言うと、「みんなは困る、公爵は嬉しい」。タブレットやマジック・バッグはバテリの消費が少ないので、今のところ俺たちにとってはたいした問題ではない。だが、将来的にどうなるのか、少し不安になった。

騎士団《きしだん》とかどうなってるんだろ。まあ、俺の知ったことではないか。

朝食を済ませ、今日も森で修業だ。昨日の失敗を踏《ふ》まえ、今日は別のアプローチで、新しい魔術の開発を試みる。今の俺が使えるのは――。

回復魔術の『――【大いなる生命の息吹《グランディス・ヴィータ・スピィリートゥム》】』

探知魔術の『――【世界を覆う見えざる手《ムンドゥス・コウヴェ・インヴイジ・マヌス》】』

遠距離攻撃《えんきょりこうげき》魔術の『――【すべてを穿つ《オムニス・カウウス》】』

除霊《じょれい》魔術の『――【我が名、それは――邪を滅ぼす者《クウィ・ペルデレ・マルウム・メウム》】』
遠近攻撃可能な防御魔術の『――【絶対不可侵隔絶空間《オムニノ・ノモレスト・セパラティオ・ロウクス》】』

この五種類だ。どれも、俺が過去に妄想《もうそう》していたもので、試しに使ってみたら使えたもののばかり。ということは、他の魔術も妄想すれば使えるのではないか――という仮定のもと片《かた》っ端《ぱし》から試してみる。

『――【炎よ、我とともに《ファイト・ファイア・ウイズ・ファイア》】』
『――【氷よ、捕らえよ《トラップド・アンダー・アイス》】』
『――【土よ、此処に《エンター・サンドマン》】』
『――【雷よ、堕ちよ《ライド・ザ・ライトニング》】』
『――【光よ、撃て《ヒット・ザ・ライト》】』
『――【闇よ、呑み込め《フェイド・トゥ・ブラック》】』

……………う～～ん。

サンディの期待の視線を受けながら、格好つけてみたけど、うんともすんとも。まったくなにも起こらなかった。

結局、一日中、あれやこれや、やってみたけど収穫《しゅうかく》ゼロ。

「師匠、ドンマイですっ！」

サンディは俺の魔術を見るだけでも修業になると言うが、ひとつも発動できないとは、不甲斐《ふがい》ない師匠で申し訳ない。

ただ、原因には思い当たることがひとつあった。

「もしかすると、本当に必要な場面にならないと使えるようにならないのかも」

「その可能性はありますね」

「明日はまた、別の方法を試してみよう」

夕方になり、ディズと合流し、今日も解体場に向かう。

ウルスには昨日以上に驚《おどろ》かれた。

ワイバーン一〇体は俺でもやり過ぎだと思う……。

◇◆◇◆◇◆◇

そして、三日目。

今日も朝から森に向かい、修業に勤《いそ》しむ。

魔術を強くする修業をしてる主人公はたくさん見てきたが、まさか魔術を弱くする修業がこんなに大変だとは思ってなかったし、俺の思い描いていた修業とはなんか違《ちが》う……。

――やったッ！　ついに弱い魔術が撃てるようになったぞッ！


とか、全然カッコよくない……。


そういうわけで、いまいちやる気がでないが、この壁を乗り越《こ》えない限り、憧《あこが》れのダンジョン攻略《こうりやく》も満足にできない。俺は気持ちを入れ替《か》える。

サンディともいろいろ話をして、新しい方法を思いついた。

魔術の使い方には、いくつかある。詠唱だとか、魔術陣だとか。高度な技術としては詠唱短縮や無詠唱もある。

それらをあーだこーだと実験してみて――そして、日も傾《かたむ》き始めた頃《ころ》。

俺は二メートルほどの距離《きより》から、木に向かって腕を伸《の》ばす。

なぜか、成功する気がする。そんな直感に導かれ――。

『────────』

指先から魔弾が飛び出す。小さく弱々しい魔弾だ。これなら、きっと──。

魔弾は木にぶつかり、穴を作る。直径も深さも三センチにも満たない小さな穴を。

「よしっ、やっっったあああああ!!」

思わず大声で叫ぶ──。

「ごほっ、ごほっ、ごほっ」

慣れないことをしたので、むせてしまう。そして、喉《のど》が痛い。

「師匠、おめでとうございますっ！　さすがは師匠ですっ！」

「うん……ありがと。サンディのおかげだよ」

「いえいえ、そんなことないですよ。師匠が凄《すご》すぎるだけですっ！」

「サンディの参考にはなったかな？」

「はい、ようやく、少しずつですが師匠の魔術が理解できるようになってます」

「おっ……サンディも凄いね」

ともあれ、ついに俺は課題を克服《こくふく》した。これなら、ダンジョンに潜れるっ！

――俺もスライムを倒《たお》して、魔石を入手できるようになったよ。

他の人に言ったら、「……うん、頑張《がんば》って」と呆《あき》れられる話だ。だけど、俺にとっては大きな大きな進歩だ。

俺は全身で喜びを噛《か》みしめる。しばらく歓喜《かんき》に浸《ひた》っていたが、俺は気を引き締《し》める。

いや、本番はこれからだ。

普通の魔術師だったら、ここで満足するところだろう。

いや、そもそも、普通の魔術師は、こんなトレーニングしないか……。

ともかく、俺はここで満足したりしない。まだまだ、完成にはほど遠い。

魔術とは、望みの効果を出せるようになって、それでようやく半分完成だ。まだ、残りの半分が残っている。むしろ、ここからが本番。今まで以上の努力と集中が必要だ。

なにせ、まだ、魔術の名前も詠唱も決まっていないのだ。

せっかくの新魔術。正確に言えば、【すべてを穿つ《オムニス・カウウス》】の改良魔術なのだが、【すべてを穿つ《オムニス・カウウス》（改）】では味気ない。

たっぷりと時間をかけて、本気で考えないとな。今夜は興奮して寝《ね》れないかもな……。

「ただいま～」

二人で余韻《よいん》に浸ってるとディズが戻ってきた。

今日もスッキリとした顔だ。

「すごい大声が聞こえたけど、もしかして？」

「ああ……成功だよ」

ディズは我が事のように喜んでくれる。

俺もディズが喜んでくれて嬉《うれ》しい。

「それにあんな大声、出せるんだね。ビックリしちゃった」

「うん……嬉しくて、つい。でも、喉痛い」

「あははっ、声がかすれてるよ」

少し喋《しゃべ》るだけでも喉が痛い。俺の衰《おとろ》えきった声帯はスライム並みの耐久力《たいきゅうりょく》だ。そっと【大いなる生命の息吹《グランディス・ヴィータ・スピィリートゥム》】で喉を癒《い》やす。

「あはは。明日はダンジョンだねっ!!」

「いいね……やっと、俺も」

「Eランクダンジョンですね。師匠には物足りないと思いますが、しばらくは地道にランクを上げてくしかないです」

「ああ、その件なら、なんとかなるんじゃないかな？」

「えっ……なにかあるの？」

「考えがあるんだ。明日かどうかは分からないけど、近いうちにね」

悪巧《わるだく》みしてる顔だが、教えてくれる気はなさそうだ。

「じゃあ、帰ろっか」

「はいっ！」

「うん」

森からの帰り道、足取りはこの三日間で一番軽かった——。

◇◆◇◆◇◆◇

——翌日。


寝不足《ねぶそく》だ。夜遅《おそ》くまで新魔術の名前と詠唱《えいしょう》を考えていたからだ。せっかくの新魔術だ、とても一晩じゃ終わらないし、終わらせたくない。お勉強の読書はお休みして、あーでもない、こーでもないと、頭を唸《うな》らせたのだ。その結果、まだまだ改良の余地はあるが、我ながら素晴《すば》らしいものができあがった。早く新魔術を試してみたくてたまらない。

三人での朝食を済ませ、「今日からダンジョンだっ！」と喜び勇んで、ギルドに向かったところで――。

「ロイルさんっ！」

受付嬢《うけつけじょう》のモカさんに呼び止められた。

「えっと……なっ、なん、ですか？」

いきなりのことに、俺は身構える。

「ロイルさんとディズさんにちょっとお話があるので、別室まで来てもらえますか？」

「えっ……あっ、はい」

「うん、いいよ」

「あの、私は？」

「今回はお二人だけということで、サンディさんにはご遠慮《えんりょ》願います」

「分かりました」

ディズを見ると、満足げな笑《え》みを浮かべている。これが彼女が言ってた「考えがある」なんだろう。

案内された部屋の中には高そうな応接用ソファがあり、壮年《そうねん》の男性が座っていた。四十がらみのがっしりした体格の男性。剣呑《けんのん》な雰囲気《ふんいき》をまとっている。その男が気軽な調子で口を開いた。

「呼び出してスマンな。俺は冒険者ギルド・メルキ支部のギルドマスターをしているガラップだ。まずは座ってくれ」

ガラップにうながされ、俺とディズは向かいに腰《こし》を下ろす。

「二人とも冒険者登録してから一週間もたってないんだってな」

品定めするような視線のまま、ガラップが続ける。

「ずいぶんと派手にやってるみたいじゃねえか」

「なんのことかな?」

ディズがすっとぼける。話の流れが見えないので、俺は黙って様子見だ。

「ウルスが音を上げていたぞ」

連日、大量の巨大《きょだい》モンスターを持ち込《こ》んだのだ。解体場のウルスさんには申し訳ない思いだ。

「サスの森外縁部でホーンラビットを狩ってたら、Bランクモンスターまで出てきたんだってな」

「うん。サスの森って怖《こわ》いね」

「へ、ワイバーンが何体もか? 長年、この町でギルドマスターをやってるが、そんな話は聞いたことねえぞ」

「たまたまなんじゃない？」

「三日連続のたまたまか？」

「偶然《ぐうぜん》って重なるからね。スタンピードも消失したみたいだし、世の中不思議だらけだよね」

「ほう」

ガラップが厳しい視線を投げかけてくる。

ディズは柳《やなぎ》に風といった調子で、澄ました顔をしている。

しばらく、沈黙《ちんもく》が続くが――。

「あっ！」

ここでディズの意図を察した俺は、思わず声を出してしまった。ガラップに睨《にら》まれる。

なんで、ディズが格上モンスターを狩《か》りまくったのか。

どうして、俺たちが呼び出されたのか。

ランク以上の実績を上げ、ギルマスに呼び出される――俺にとっても馴染《なじ》みの展開だ。

テンプレ中のテンプレじゃないかっ！

なんで気がつかなかったのか。それだけ、修業《しゅぎょう》に集中してたってことだろう。

ガラップは俺からディズに視線を移し、話を再開する。

「なにが望みだ？」

「えっ。なんのこと？」

意図が分かれば、ディズの嬉しそうな気持ちがよく分かる。楽しくなってきた！

「なにが言いたいのか分からないけど、このままだと他のEランク冒険者もワイバーンと戦っちゃうかもね」

自分からランクを上げてとは言わないで、しっかりと要求を突《つ》きつける。不動産屋でも墓地でも思ったけど、ディズの交渉力《こうしょうりょく》は半端《はんぱ》ない。

「依頼にランクがあるのは知ってるだろ？　そして、その理由も」

「うん、もちろん」

「前例を作るとマネする奴《やつ》らが出てくる。あまり派手なことはしてもらいたくないんだがな」

「私たちは相応な依頼を受けたいだけだよ」

またもや、沈黙が流れる。

「騎士《きし》や傭兵《ようへい》をやっていたヤツらが高ランクからスタートすることもある。剣聖《けんせい》が引退後に冒険者活動を始めたときAランクからだったしな」

そこでガラップは大きく息を吐《は》いた。

「まあいい。二人とも今日からCランクだ。これ以上ムチャクチャやられたら堪《たま》らんからな」

苦々しい様子ではあったが、ディズの思惑《おもわく》通り、ガラップはそれを受け入れた。

「えっ！　いいの⁉」

「ったく……もう、帰っていいぞ」

苦虫を噛み潰《つぶ》したような顔のガラップを残し、俺たちは執務室《しつむしつ》を後にした。

よし、これでCランクダンジョンに挑戦《ちょうせん》できるっ！

◇◆◇◆◇◆◇

ガラップから解放された。

ディズはサンディと一緒《いっしょ》にダンジョン探索《たんさく》に向けて買い出しやらなにやら、準備に出かけている。その間、俺はギルド酒場の隅《すみ》っこでタブレットを開いていた。

「あの～、ロイルさんですよね」

タブレットに集中していると、柔《やわ》らかく、人当たりのいい女性の声。俺が顔を上げると、色気のある女性が立っていた。

えーと……心を落ち着ける。今までなら考えなしに口を開いて「あうあう」言うだけだった。

だが、しっかりと間を取って、なにを言うか整理する。

「ああ……そうだよ。なにか用かな？」

「やっぱり、ロイルさんなのですね。少しよろしいでしょうか？」

「うん……それは構わないけど……君は？」

俺が隣《となり》の席を指すと、彼女はそこに座ったのだが、太ももが触《ふ》れそうな距離だ。いきなり、距離を詰《つ》められて戸惑《とまど》う。

「バソリーと言います」

「うっ、うん」

顔をぐいと近づけられ、彼女の甘《あま》い息が顔にかかる。

「ロイルさんのお話を聞きまして……」

「うん」

「握手《あくしゅ》してもらえますか？」

モカさんといい、この前の門番の女の子といい、もしかして、俺、やっぱイケメンなのか？

モテモテなのか？

「えっ……いい、けど」

差し出された手を握《にぎ》る。

彼女は強く握り返してくる。まるで、二度と離さないというような意思が込められていた。

「ありがとうございます。簡単に騙《だま》されてくれて」

「なっ……」

彼女の指に嵌《は》められていた指輪が黒く光る。そして、次の瞬間《しゅんかん》には――。

そこは不思議な空間だった。黒く、果てしなく、歪《ゆが》んだ、なにもない空間だ。

バソリーの指輪はこの場所に転移させる魔道具《まどうぐ》だったようだ。

「どうしたの？　驚いて声も出ないのかしら？」

バソリーは妖艶《ようえん》な笑みを浮《う》かべる。先ほどまでの優《やさ》しい笑顔ではなく、邪悪《じゃあく》な顔だ。

「ここ、どこ？」という俺の問いに答えたのは、彼女ではなかった。

「ここは黒き地平の果て《ブラック・ホライズン》」

「捨てられた地《ランド・フォールン》」

「無限の暗黒《インフィニット・オブスキュリティー》」

「深遠なる淵《ファソムレス・デプス》」

彼女を取り巻く四人の黒ローブが順に告げる。みな、フードで顔が隠《かく》れている。

彼《かれ》らの答えはまったく参考にならなかったが、四人のチュウニっぽいフレーズは、俺の魂《たましい》を揺《ゆ》さぶった。

「残念なお知らせよ。ロイル、貴方《あなた》は生きてここから出られないわ」

あー、やっぱ、そう来るよね。テンプレだもんね。なら、こっちもテンプレムーブだ。

この状況《じょうきょう》でも、冷静に、いつも通り振《ふ》る舞《ま》う余裕《よゆう》たっぷりの主人公になるんだ。

「てゆうか、アンタたち誰《だれ》？」

「へえ～、この状況にも動じないとはさすがね。いいわ、教えてあげる」

でました！　「教えてあげる」。余裕な主人公に対し、優位を保とうと上から目線。なら俺も。

「ああ、助かる。殺しちゃったら、名前も訊《き》けないからな」

「私たちはヴェルデン公爵配下『黒き鋼』、その第一部隊よ。私はリーダーのバソリー」

おおお、敵の女幹部だっ！　ワクワク。

「俺はヴェノム」

「我が名はサルコファーゴ」

「双子《ふたご》のセルティック」「フロスト」

バソリーに続いて、四人も名乗りを上げる。

おおお、これまたテンプレ——敵の自己紹介《しょうかい》タイムだ。

今すぐにでも戦闘に入れる状況で、名前やら肩書《かたが》きやらを教えるムーブ。なんで、その間に攻撃しないんだって疑問だったけど、実際に体験してみてよく分かった。

こりゃ、攻撃したらダメだ。そういう空気だ。ここで攻撃したら、「あ〜あ、やっちゃったよ。テンションだだ下がりだよ」ってなる。

それはともかく、バソリーは親切にテンプレ台詞《せりふ》を続けてくれる。

「覚える必要はないわ。どうせ、すぐ、死んじゃうんだから」

こうもテンプレ通りだと、俺もだんだん、楽しくなってきた。

「私たちを相手にして、生き残った者はいないのよ」

「それは運が良かったな」

「どういう意味よ？」

「その中に俺がいなかったことがだ」

俺の煽《あお》り台詞にバソリーのこめかみが引きつく。俺はさらに余裕を見せる。

「なあ、なんで、俺なんだ？　理由も知らずに殺しちゃうのは気分悪いから、教えてくれよ」

「構わないわ。どうせ、生きて帰れないんだから、冥土《めいど》の土産《みやげ》に教えてあげるわ」

わお。「冥土の土産」！　本当に言う人いるんだ。魔王《まおう》なんかと一緒で物語《フィクション》の中だけの存在かと思っていた。バソリーのザ・かませ悪役感がどんどん上昇していく。俺のテンションも爆上がりだ。

「貴方がスタンピードの邪魔《じやま》をしてくれたからよ。騎士の貴方が本当にやったのか、信じられないわ。でも、上の命令なの。悪く思わないでね」

いいね。その台詞最高だ。この発言で、「任務に殉する悲劇のキャラ」感を演出できる。これによって、ただのヘイトキャラから、同情を引く魅力的《みりよくてき》なキャラに変身だ。よし、俺も彼女の悲劇を盛り上げる演出に貢献《こうけん》しよう。

「アンタらの事情は知らん。だが、襲ってくる相手に容赦《ようしや》できるほど、俺は甘くない」

「あら、それはこっちの台詞よ。自信たっぷりのようだけど、後になって命乞《いのちご》いしても無《む》駄《だ》よ」

「スタンピードはアンタらの仕業《しわざ》か、なにが目的だ？」

「サラクンの北にあるウルドの森。そこでスタンピードを起こすのが本来の目的よ。エストの森のスタンピードはそのための実験」

えっ。元職場の近所！

しかも、そのスタンピードを防ぐのが俺の役目だったよ！

もう少し早くやってくれれば、俺も門番として活躍《かつやく》できたのに……。

内心のガッカリ感を隠して俺は続ける。

「なんのために、スタンピードを起こす？」

「古き神々の封印《ふういん》を解くためよ」

「古き神々って、聖典に出てくるアレか？」

「よく知ってわね」

「まあな、縁《えん》がないわけじゃない」

「へえ」

俺は余裕を見せるが、俺の内心はバクバク——本当に存在したんだっ⁉

古き神々には、敵のボスキャラとして妄想で散々お世話になった。なじみ深いキャラだ。

すげー。感動し過ぎて、鳥肌《とりはだ》が立った。

「封印を解いてどうする？」

素晴らしい——封印を解く悪役。悪役の鑑《かがみ》じゃないか。

「我々の主、ヴェルデン公爵家が更《さら》なる力を手にするためよ。それ以上は、さすがに教えられないわね」

バソリーは笑みをこぼす。その気持ちは手に取るように分かる。

なんでここでボカすのか。「私は知ってるのに、貴方は知らないのね」という優越感《ゆうえつかん》を満喫《まんきつ》するためだ。

物語《フイクシヨン》に必要なのは「謎《なぞ》」だ。謎を提示されると、読者は答えが知りたくて続きを読み進める。

今、謎を提示された俺はヤツの話の続きが気になっている。だが、ヤツの思い通りになるとは限らない。

「バテリだろ？」

「なっ、なんでそれを……」

「バテリを作るのに、古き神々の力が必要なのか。良いことを教えてもらった」

「クッ………」

「カマをかけてみたが、その顔はアタリだな」

「はっ、しまった」

ヤバいって顔をする彼女。今度は俺が優越感を楽しむ時間だ。ああ、気持ちいい！

「知られてしまったからには、ますます生かして帰すことはできなくなったわね」

「ああ、それはこちらも同じだ」

会話を楽しんでいただけだが、今、サラッと超重要事項《ちょうじゅうようじこう》を知っちゃったよ。これでヴェルデン公爵のバテリ独占を阻止《そし》できる。そして、古き神々は実在した。トップシークレット中のトップシークレットじゃないか。

「クッ、全部、話してしまったわ」

うーん。ほんとにペラペラと喋ってくれた。一から十まで、完全に教えてくれたよ。これだけ親切に説明してくれるの不思議《ミステリー》議話に出てくる探偵《たんてい》か、かませ役くらいだ。ちょっと感動する。

「親切にありがとな」

「クッ……でも、仕方ないじゃないの。だって、私たち……」

バソリーの悔《くや》しそうな顔に、他の四人が言葉を繋《つな》ぐ。

「俺たちは闇に潜《ひそ》み、影《かげ》に蠢《うごめ》く存在」

「自分の仕事を誰かに喋る機会がない」

「どれだけ頑張っても褒《ほ》められることはない」

「承認《しょうにん》欲求を満たす機会がないんだっ！」

ああ、そういう理由だったのか。

どうして敵がペラペラ喋るのか。

誰かに分かって欲《ほ》しかったんだ。

長年の謎がようやく解決できた。

分かる分かる。自分の仕事が評価されないってのツラいよね。俺も一五年間、耐《た》えてきたから、よく分かる。ヤツらに同情心が湧き上がる。だが――。

「そちらの事情は分かったが、俺の前に立ち塞《ふさ》がったんだ。覚悟《かくご》しろよ」

テンプレ会話劇は充分《じゅうぶん》に満喫した。これ以上は蛇足《だそく》だ。後は、テンプレらしく、無双《むそう》するだけだ。

マジック・バッグから槍《やり》を取り出す。

一五年間、苦楽をともにした相棒だ。

この場面で活躍させてやろう。ただの飾《かざ》りだけどね。

俺は槍を前に出して構え、主人公台詞を口にする。

「さあ、最強騎士の俺が相手してやる。どっからでもいい。かかって来い。まとめて倒してやる」

そう、俺は世界最強の騎士だ。英雄《えいゆう》だ。主人公だ。ギャラリーが少ないのは減点だが、それでも今の俺は舞台《ぶたい》の中央で、スポットライトに当たっている。こんな最高の場面、人生に二度とないだろう。さあ、最高に楽しませてくれよっ！

「舐《な》めんなッ！」

一人が素早《すばや》い動きで向かってくる。ヴェノムと名乗っていた男だ。

いいぞ、いいぞ。まとめてかかって来られたら、一瞬《いっしゅん》で終わってしまう。

この戦いをもっと楽しみたいんだ。

ヤツの突進《とっしん》に合わせて、槍を振る——と見せかけて。

『——【絶対不可侵隔絶空間《オムニノ・ノモレスト・セパラテイオ・ロウクス》】』

ヴェノムは俺の槍をすり抜《ぬ》け。

「ふんっ。遅すぎる。もらった——ぶげらっ」

障壁《しょうへき》に衝突《しょうとつ》し。

ぶっ飛ばされて、意識を失った。

あれだけの速さで突っ込んできたもんな。

うわ、あれは痛そうだ。

「なっ！」

「まったく槍の動きが見えなかったぞ」

「強い……」

よし。みんな俺の術中に嵌まったな。

槍を出したのは、このためだ。

傍《はた》からだと、速すぎて見えない俺の槍がヴェノムを倒したように見える。

まさか、見えない障壁にやられたとは思わないだろう。

「クソッ、だが、ヴェノムは四天王の中でも――」

「最弱なんだろ？　ほら、早くかかって来いよ」

「なっ、殺すッ！」

テンプレ台詞を遮《さえぎ》ると、続いて大男のサルコファーゴが俺の前に立つ。

ヤツは鎖《くさり》をブンブンと振り回す。

その先端《せんたん》には大きな鉄球。

当たったら痛そうだ。

「キサマの槍が凄かろうと、射程の外から攻撃されたら、どうしようもなかろう」

「自信があるようだな。じゃあ、試《ため》してみろ」

「ふっ、隙《すき》あり」

俺が気を抜いているように見せると、サルコファーゴが鎖を振る。

目当ては俺ではなく、槍だった。

槍は鎖に絡《から》め取られ、相手の手に渡《わた》る。

「ふはっはっ。これでなにも出来まい。油断したのが運の尽《つ》き。死ねッ！」

サルコファーゴの連続攻撃。

絶え間なく叩きつけられる鉄球。

――カーン。

――カーン。

――カーン。

――カーン。

――カーン。

「なっ、なんだとッ」

俺の障壁が全てをはじき返す。

よし。ここまでは計算通り。

アイツの武器を見た瞬間、俺は思いついた。

その名も「相手の武器を奪《うば》って勝利を確信した後の絶望をプレゼント」作戦だ。
難しかったのは、障壁の強度調節だ。
強すぎたら鉄球が壊《こわ》れちゃう。
弱すぎたら綺麗《きれい》に跳ね返らない。
絶妙《ぜつみょう》の加減はここ数日の修業の賜《たまもの》だ。
「クッ、なんだ、コイツ……。だったら、俺の最強攻撃でッ——」
全力で振りかぶって、鉄球を飛ばす。
このときを待っていた！
障壁に注ぐ魔力《まりょく》をちょっと強めて。
ここ、大事だから、慎重《しんちょう》に。慎重に。
——カーン。
「なッ！」
鉄球は今までと同じように跳ね返る——いや、違う。
今回は少し強めにした。
跳ね返った鉄球は——。
「ぐおおおおを〜〜」

サルコファーゴの腹に直撃《ちょくげき》。

絶叫《ぜっきょう》とともに血を吐き、ヤツは失神した。

ふう。上手《うま》くいった。

ちょっと加減を間違《まちが》えてたら、殺しちゃう危険な場面だった。

さっきから「殺す」とか「死ね」とか言ってるけど、あれ、あくまで主人公ムーブしてるだけだからね。本当に殺す気なんかないからね。

さて、次は双子だ……二人とも、ビビってる。

「サルコファーゴの攻撃を跳ね返して倒した……」

「なんて技術よ……」

「まさに、最強騎士……いけるか、妹よ」

「行くしかないでしょ……兄」

「狙《ねら》うは相打ち」「うん」

「どちらか一方が生き残れば、我らの勝ちだ」

「死ぬのは私よ、兄」

「いや、妹をかばって死ぬ。それが兄というものだ」

「兄」「妹」

「――行くッ！」
なんか、悲壮《ひそう》な覚悟を見せつけられた。
これじゃ、俺が悪者みたいだよ。
かわいそうだから、さっさと終わらせちゃおう。
まだ、メインディッシュのバソリーが残ってるからね。
えいっ。

『――【絶対不可侵隔絶空間《オムニノ・ノモレスト・セパラティオ・ロウクス》】』

「ぎゃあああ」「きゃあああ」
二人は絶叫し、失神した。
やったのは、サンディが音を上げたアレだ。
ちょっと出力を上げた魔術障壁《まじゅつしょうへき》（遠距離攻撃《えんきょりこうげき》）だ。
倒《たお》れた二人は死んでないようで、ひと安心。
これで前座は終わり。俺は槍を拾い、バソリーに突きつける。
彼女《かのじょ》は「えっ、なに？　なにが起こったの？」と目を白黒させている。

「さあ、これでアンタ一人だけだ。どうする？」

俺が尋《たず》ねると、彼女は睨み返してきた。

「クッ。まさか、これほどの強さだなんて……。だが、こちらも引くわけにはいかないのよっ」

バソリーは懐《ふところ》から黒い珠《たま》を取り出す。

「これを使うことになるとは、思わなかったわ。でも、これで終わりよ」

おっ！　最終兵器出て来た！　どんなのかな？　ワクワク！

「出でよ、魂狩王《ソウル・リーパー》」

黒い珠は黒い光を放つ。それが消えると現れたのは——死神だ。

ボロボロの黒衣をまとった骸骨《がいこつ》。

手に握られた禍々《まがまが》しい大鎌《サイス》。

俺は言葉を失う。

「アハハハハッ」

バソリーは高らかに笑う。

俺は返事ができなかった。

そんな俺を見て、バソリーは調子に乗る。

「怯《おび》えて声も出ないようね」

勘違《かんちが》いされた。

俺がソウル・リーパーを見て言葉を失ったのは、「これこれ、こういうの期待してたんだよ！」って、いかにも悪役が召喚《しょうかん》する悪魔《あくま》っぽいヤツだったから感動してたわけで。

バソリーの高笑いに対しては、「冥土の土産」に続くかませムーブで、笑っちゃいけない場面だからこそ、余計に笑いを堪《こら》えるのに必死だったからだ。

「確かにとんでもなく強い騎士みたいね。でも、残念、相手が悪かったわね。いくら貴方でも、古き神々の眷属《けんぞく》相手には勝てないわ」

バソリーが不敵に笑う。勝利を確信した笑みだ。

「ソウル・リーパーは物理完全無効。武器による攻撃は一切《いっさい》、通じない。魔術《まじゅつ》でしかダメージを与《あた》えられないのよ」

「…………」

「貴様にとっては、まさに天敵。なすすべもなく、死に逝《い》くがいいわ」

「えーと……」

「行きなさい、ソウル・リーパー。ソイツを葬《ほうむ》るのよッ！」

ソウル・リーパーは虚《うつ》ろな眼窩《がんか》で俺を見つめる。

怖気《おじけ》のあまり鳥肌が立つ。
たしかに、四天王（笑）とは比べものにならない強さだ。
どうやら、俺も少し本気を出す必要がありそうだな……。
ソウル・リーパーがサイスを振るった。

『――【哀悼祭壇《ソンバーレイン》】』

ヤツの前に漆黒《しっこく》の祭壇《さいだん》が現れ、黒い邪悪な気が解き放たれ、ヤツの身体に吸収される。
なんらかのバフ魔術だろう。
俺も再度、障壁を張り直す。

『――【絶対不可侵隔絶空間《オムニノ・ノモレスト・セパラテイオ・ロウクス》】』

対して、ヤツは、高く舞い上がり、宙に浮く。
俺の槍が届かない範囲《はんい》だ。
俺が騎士だったら、手も足も出ない。

だが、残念だったな。

俺はへっぽこ騎士で、そして、サンディの師匠《ししょう》だ！

魔術勝負で負けるわけにはいかない。

ヤツがサイスを振るう。

『――【凍風無処《コールド・ウインド・オブ・ノウウェア》】』

手始めは斬《き》り裂《さ》く無数の凍風の刃《やいば》だ。

次々と俺に向かって飛んでくる。

『――【暗黒夜血《ナイツ・ブラッド》】』

サイスから悍《おぞ》ましい黒い血が噴《ふ》き出す。

『――【深紅死棘《ソーンズ・オブ・クリムゾン・デス》】』

血は死を纏《まと》う鞭《むち》となる。
鞭は棘だらけで、俺の身体を締《し》め付ける。
『――【冥府開門《アンホロウド》】』
いかにも、地獄《じごく》の門です――が開く。
『――【天使墓所《ウエア・デッド・エンジェルズ・ライ》】』
開いた門から、黒く血に染まった大量の天使が俺を攻撃してくる。
『――【滅光破嵐《ストーム・オブ・ザ・ライツ・ペイン》】』
そして、極《きわ》めつけ。
ソウル・リーパーから放たれた黒い光が嵐となって荒《あ》れ狂《くる》う。
立て続けにもの凄《すご》い魔術を放たれた。

血やら、黒い光やらなんやらで、周囲はまったく見えない。

一方的に攻撃されるだけで、俺はなにもできなかった。

やがて、攻撃が収まると、バソリーの高笑いが響《ひび》いた。

「あっはっは。さすがに貴方もソウル・リーパーの前には、手も足もでなかったようね
……………って、ハアッ？」

視界が晴れて、無傷で立っている俺を見て、パソリーは驚《おどろ》く。

驚きすぎて、美人な顔が台無しになってる。

「なっ、なんで、あれだけの攻撃を受けて、平気なのよっ！　貴方、騎士でしょ！」

「物理職は魔術攻撃に弱く、魔術職は物理攻撃に弱い。それが常識だ」

偉《えら》そうに言うが、つい先日、ディズとサンディから教わったばかりだったりする。

「ええ、そうよ。なのに、なんで――」

「俺、魔術師《まじゅつし》なんだ」

「はっ？　はあああああ⁉⁉⁉⁉」

「言ってなくて、悪かったな。四天王を倒《たお》したのも、アレ、全部魔術だよ」

「えええええええっ⁉⁉⁉⁉⁉⁉⁉」

まあ、わざと誤解させるような戦い方をしたからな。

その目的は果たされた。バソリーの目玉がこぼれそうで、口からもなにか吹《ふ》き出しそうなこの顔が見たかったのだ。

期待通りの反応を見せてもらって、満足満足。

「しかも、なんか、規格外らしい。相手が悪かったのは、そっちの方だったな」

俺がソウル・リーパーの攻撃に反撃《はんげき》できずに立ち尽くしていたのには理由がある。

カッコ良かったのだ！

ヤツの魔術は、どれも、冒険譚《ファンタジー》に出てくるボスモンスターが放つようなものばかり。

渋《しぶ》い魔術名も、その発想も、ド派手な見た目も――最高にカッコいいんだもん。

俺もまだまだだなと、自分の至らなさを痛感した。

「というわけで、そろそろ終わりにしよう」

さて、修業で生み出した新魔術のお披露目《ひろめ》だ。

まずは探知魔術でソウル・リーパーの魔力を把握《はあく》する。『――【世界を覆う見えざる手《ムンドゥス・コウヴェ・インヴィジ・マヌス》】』

次いで障壁を張る。『――【絶対不可侵隔絶空間《オムニノ・ノモレスト・セパラティオ・ロウクス》】』

そして、障壁の内側に魔弾《まだん》を発射可能状態で待機させる。『――【すべてを穿つ《オムニス・カウウス》】』

これで準備は完了《かんりょう》――。

『──【精確な死を《アクラウテ・モルトエム》】』

撃《う》ち出された魔弾はソウル・リーパーの胸に飛び込み──ヤツの身体と一緒に消滅《しょうめつ》した。

「えっ？　あっ？　はあっ⁇」

あれだけの存在感を放っていたソウル・リーパーが一瞬で消え去った。

バソリーは混乱の極みに、へたり込《こ》んで呆然《ぼうぜん》としている。

新魔術、大成功！

修業の集大成である新魔術【精確な死を《アクラウテ・モルトエム》】──それは三つの魔術を組み合わせた複合魔術だ。

まずは魔力を探知して、相手の強さを調べる。次に魔力障壁を張り、その内側から魔弾を撃ち出す。これだけだ。

そもそもの問題は、魔弾の威力《いりょく》調整が難しいこと。それに対し、障壁は強度を比較的《ひかくてき》自由にコントロールできた。結果として、相手を倒すのに丁度いい魔弾を撃てるのだ！

これで、古き神々の眷属《けんぞく》からスライムまで、二次被害《ひがい》を出さずに倒せるようになったのだ！

本来はダンジョン攻略《こうりやく》用の魔術だったけど、すぐに役に立つことになるとはな。習得していて良かった。もしこれがなかったら、今頃《いまごろ》バソリーも一緒に蒸発していたところだ。無駄に命を奪わずに済んで良かった。

ということで、そろそろ、終幕にしよう。いつまでも主人公でいたいが、引き際が肝心《かんじん》だ。

俺は放心状態のバソリーの前に立つ。

「まだ、やるか」

「クッ、殺しなさい……」

はい、「くっころ」一丁入りました。

疲労《ひろう》やら、メンタルブレイクやらで、バソリーは限界のようだ。

「私たちに勝ったからといっていい気にならないことね。この仇《かたき》は第二部隊がとる。任せたわよ、サテリコン――」

それだけ言うと、バソリーは意識を手放した。

最後までかませ発言だったけど、殺してないからね。目を覚ましたら、めっちゃ恥《は》ずかしいヤツだからね。

それにしても、見事あっぱれなかませ役だった。教科書に載《の》せたいくらいだ。『かませキャラ入門　～これで今日から君も立派なかませ犬～』みたいな本でも売ってるんだろうか？　帰ったら、タブレットで調べてみよう。

いやあ、彼らのおかげで、俺も思いっきり主人公ムーブできて最高に満足だ。襲《おそ》ってきてくれて、本当にありがとう！

まあ、ともあれ、これで一件落着ということで。

えーと、彼らはどうしようか……とりあえず、縛《しば》り上げて、どっかに突《つ》き出すか。

俺は魔術障壁を操作して、五人まとめて縛り上げ、そして、紐《ひも》のように伸《の》ばした障壁を掴《つか》み、ズルズルと引きずって帰ろうとして気がついた……どうやって帰るんだ？

エピローグ

「あっ、ロイル、どこ行ってたのよ？」

「心配しましたっ」

「ええ、ああ、ちょっと……呼び出されて」

奴《やつ》らを倒した後、なんか適当に魔力をいじっていたら、あの不思議空間を脱出《だっしゅつ》できた。

意識を失い寝《ね》っ転《ころ》がる五人を指差す。

「うわあ、いかにも悪者って感じだね」

「いったい、どうしたんですか？」

「うーん、なんか襲われたから、返り討《う》ちにした。ギルマスに報告しなきゃだよなあ」

面倒《めんどう》くさいなと思うが、ここで逃《に》げると後でもっと面倒くさくなると知っている。

「あはは、やっぱ、ロイル最高ね！」

「さすがは師匠ですっ！」

なにが「さすが」なのかは分からないけど、モカさんに話して、俺たちは再び執務《しつむ》室《しつ》に向かった。

「どうした、さっき出てったばかりじゃねえか。いったい、なにが……」

少し不機嫌《ふきげん》そうなガラップだが、五人組に目を向けて、苦虫を百匹《ぴき》くらい噛《か》み潰《つぶ》したような顔をする。

「おいおい、ほんと、勘弁《かんべん》してくれよ……」

ガラップはガシガシと頭を掻《か》きむしる。

「あっ、急用を思い出した。モカ、後は任せた」

部屋を飛び出そうとした彼の腕《うで》をモカさんがガッシリと掴む。

「寝言《ねごと》は寝てからお願いします」

「…………分かったよ」

ガラップは観念してソファーに身体を投げ出す。

「で、なにがあったんだ？」

「話の前に……」

『――【絶対不可侵隔絶空間《オムニノ・ノモレスト・セパラテイオ・ロウクス》】』

「ぐぎゃっ」「ぐえっ」「いやああ」

五人組のうち何人かが目を覚ましかけたので、もう一度、夢の世界に旅立ってもらおう。

「うわ、エグいなあ。お前さんが敵じゃなくて良かったわ」

「じゃあ、話すよ――」

俺は今回の件を説明する。ガラップだけでなく、ディズもサンディも驚いていた。

「――なるほどな。話は分かった」

それだけ言うと、ガラップは目を閉じる。しばらく、沈黙《ちんもく》が流れるが――。

「うわあああああ。めんどくせえええええええ」といきなり、絶叫した。

「絶対にヴェルデン公爵《こうしゃく》に目をつけられてるぞ」

「だよね」

「オマエたちがこの街に来たのは、このためだったんだろ」

「いや……」

「しらばっくれなくていいぞ。それを責めるつもりはない」

「そうしてくれ」

「だから、な？　もう、帰れ」

「帰る？」

「ああ、ロイルはサラクンに戻《もど》って騎士《きし》やってろ。ディズはホーリに戻って聖女やってろ。サンディも大賢者《だいけんじゃ》のとこに戻って、宮廷魔術師《きゅうていまじゅつし》になれ」

「無理」「無理だね」「無理です」

俺たち三人の声が重なる。

「俺は門番クビになった」

「私も聖女クビになった」

「私の居場所は師匠の隣《となり》です」

「ああ、そういう建前いいからさ。任務が終わったんだから、ちゃんとおうち帰ろ？」

そう言うガラップに俺たちは揃《そろ》って首を横に振《ふ》る。

「ああああああああ、ざっけんなあああああああ」

ガラップ二度目の絶叫が響く。

「なんで、俺がギルマスやってるときに、あり得ねえ厄介《やっかい》ごとが起こるんだよっ！　これ、国家レベルの問題じゃねえかっ！　ドラゴンと戦う方がよっぽど気楽だぞ」

「ギルマス、ドンマイですっ！」

「よし、分かった。俺は今からドラゴン倒しに行ってくる。ギルマスは引退だ。モカ、今日からオマエがギルマスな。後は任せた」

立ち上がりかけたガラップをモカさんはガッチリホールド。

「どんまいっ！」

「はああ。もう知らね。俺、知らね」

座《すわ》らされたガラップは目を閉じて、現実逃避を始めた。

「ギルマスがこんな状況《じょうきょう》ですので、詳《くわ》しい話はまた後ほど」

その後、五人組を牢屋《ろうや》に放り込む手伝いをしたりなんだりで、解放されたのは昼前だった。

◇◆◇◆◇◆◇

すっかり疲《つか》れ切った俺に合わせ、三人揃ってのんびりとギルド酒場で昼ご飯だ。

「はあ、大変だったね」

「師匠、お疲れ様でした」

「うん……ありがと。でも、楽しかったよ」

「楽しかった？」

「えっとね……」

ガラップへの説明時には、ヤツらの素性《すじよう》や襲ってきた理由について話したが、戦闘《せんとう》内容までは伝えていない。俺としては、むしろ、戦闘シーンこそが山場なのだが、話すと長くなりそうなので割愛《かつあい》した。だが、この二人には是非《ぜひ》とも聞いてもらいたい。

「あはは、やっぱ、ロイル最高！」

「えええ、見たかったです！」

自分の活躍《かつやく》を話し終え満足していると、一人の少女がやって来て、俺たちのテーブルの前で立ち止まる。

小柄《こがら》な少女。一〇歳《さい》くらいの活発で勝ち気そうな女の子だ。

服装は質素な布の服だが、身長と同じくらいの大剣《たいけん》を背負っている。立派な剣《けん》なのだが、立派すぎて、剣先《けんさき》が床《ゆか》につきそう。彼女の体格でまともに使いこなせるとは思えない。

なんか、イヤな予感しかしない。今日はもうお腹《なか》いっぱいだからね。握手《あくしゅ》とか、絶対にしないからね。そこで、クルッとターンして帰ろうね？

「オマエたちが最近話題の『アルテラ・ヴィタ』か？」

だが、俺の願いは通じなかった。

その声だけで分かる。これ、絶対に面倒くさいヤツだ。ガラップの気持ちが少し理解できた。

「そうだよ。今、忙《いそが》しいから、またね」と雑に追い払《はら》おうとしたが、少女にはまったく通じない。

「我《わ》が名はリリアーナ。獣王《じゅうおう》の娘《むすめ》にして、勇者として選ばれし者。お前たちを我の仲間にしてやろう。光栄に思うのだ」

……勘弁して下さい。普段《ふだん》なら「自称《じしょう》勇者」とか、めっちゃテンション上がるんだけど、今日はもうお腹いっぱいです。

そう思いながら、少女の顔をよく見る。

うん。少女だ。美少女だ。名乗りの通り、獣人《じゅうじん》の女の子だ。

身長は一四〇センチくらい。小柄なディズよりもひと回り小さい。身体は細いが、しなやかな筋肉を持っている。

「どうした、黙《だま》り込んで」

口調は上から目線で偉そうなんだが、どう見ても背伸《せの》びしている子どもにしか見えない。微笑《ほほえ》ましくて、怒《おこ》る気も湧《わ》いてこない。「あ～、よしよし。アメちゃんあげるから、おうち帰ろうね」って言いたい。

ディズもサンディも俺《おれ》と同じ、微笑ましい表情でリリアーナを見ている。二人に視線を送ると、「ロイルに任せたよ」「師匠にお任せです」と目配せされる。

さて、どうしたものか――。

◇◆◇◆◇◆◇

一方、その頃《ころ》。今回の騒動《そうどう》の主導者であるヴェルデン公爵は執務室で、部下から報告を受けていた。

「なに、バソリーたちがやられただと？」

「はい。殺されてはおりませんが、冒険者《ぼうけんしゃ》ギルドに捕《と》らえられました」

「あそこのギルマスは？」

「ガラップという元冒険者の男です。金や女では、なびきません」

「そうか……。それで、そのロイルという男は何者なのだ」

「それがサラクンの騎士団《きしだん》をクビになったことは確かなのですが、どうも信じられない報告内容で……」

「構わん、続けろ」

「一五年間、サラクンの北門で門番をしておりました」

「北門だと？　あそこは……まさか」

「いえ。サラクンはまったく気づいておりません」

「どういうことだ?」

「北の門番は閑職《かんしょく》という扱《あつか》いです。どうやら、あの男は無能だと見做《みな》されていたようで」

「サラクンはバカなのか?」

「はい。その点では助かります。例の計画も、まったく気づかれておりません」

「なら、計画はそのまま実行だ」

「承知いたしました」

「ロイルという男は第二部隊に任せる。サテリコンに連絡《れんらく》を入れろ」

「御意《ぎょい》」

　部下の男は気配を消すように、執務室を後にする。

「この計画、絶対に成功させる。邪魔《じゃま》なヤツには消えてもらうだけだ」

　バソリーたちによる襲撃《しゅうげき》は始まりに過ぎなかった。ロイルはヴェルデン公爵と全面対決することになるのだが、酒場で変な少女に絡まれている当の本人は知る由もなかった——。


（了）

あとがき

皆様、妄想してます？

妄想のなにが良いって、いつでも、どこでも、一人で、誰にも迷惑かけずにできるのが最高ですよね。

いや、嘘です。妄想に没頭しすぎて、周囲に迷惑かけたことが何度もあります。ごめんなさい。

カップ麺が伸び伸びになるくらいなら笑い話なのですが、電車を乗り過ごして遅刻したり、歩いてて人にぶつかったりと、迷惑かけてます。ごめんなさい。

あ、ちなみに去年の夏は妄想に集中しすぎて、足の小指をドアに挟み、骨にヒビが入っちゃいました。一ヶ月間、歩くこともままならず、夏休みの予定は全部キャンセル。迷惑かけすぎですよね。本当にごめんなさい。

主人公ロイル同様、まさキチも妄想し続けた結果、本作を皆様にお届けできました。まさキチの妄想を皆様と共有でき、少しでも楽しんでいただけたら、これ以上、嬉しいことはありません。

多分、まさキチの妄想癖は死ぬまで治らないと思うので、周囲に迷惑をかけながらも、作品を創り続けると思います。なので、どこまでもおつき合いください。


また、妄想と同じかそれ以上に、作品について誰かと話し合うのも楽しいですよね。こちらも熱中しすぎは注意が必要です。

友人とラーメンを食べにいくつもりが、話が盛り上がりすぎて、ラーメン屋を通り過ぎ、二駅先まで歩いてしまい、笑いながら戻ったことがあります。（今度は無事に到着できました！）

あいにくと状況が変わり、その友人とは疎遠になってしまいましたが、別れがあれば出会いもあります。

小説を書き始めて、多くの方と知り合い、成長させていただきました。中でも、担当編集氏からは多くのことを学ばせていただきました。

本作はＷｅｂ版から大幅にアレンジしたものになってますが、これはまさキチ一人ではなく、担当編集氏との議論を通じての産物であり、担当氏のご協力なしでは創り上げることができませんでした。（もちろん、至らぬ点は、それを表現しきれなかったまさキチ一人の責任です。）

ということで、ご挨拶が遅くなりました、まさキチです。本作をお読みいただきありがとうございます。

七月でデビュー一年になりますが、この間に（本作を含め）書籍三冊、コミカライズ二冊、出版できました。

これもひとえにサポートしていただいた皆様のおかげです。Ｗｅｂ時代から応援してくださった方々もおり、本当に感謝しています。

まさキチが有名になったら「わしが育てた」とドヤってください。

これからもご期待に応えられるように精進していきます！

今回、後書きに六ページいただきました。『勇者パーティーを追放された精霊術士』のときは二巻とも一ページだったので苦戦しましたが、六ページもあるとそれはそれで苦労します。

一〇ページもある面白い後書きを書ける作家さんは本当に凄いですね。

というわけで、まだスペースがありますので、もう少し真面目な後書きを――。

小説を書くというのは、自分と向き合い、時には自らの内なる声に耳を傾けることでもあります。それは挑戦であり、成長でもありました。この作品が私自身の一歩を支え、また新たな扉を開く手助けとなってくれたことに深く感謝しています。

物語の舞台となった架空の世界や登場人物たちは、私の心の中で生き続けています。彼らはただの架空の存在ではなく、私の想像力や感情が交じり合った結晶です。この物語が読者の皆様にとっても新たな冒険の一環となり、心に響くものとなっていれば嬉しい限りです。

また、これからも新たな物語と出会い、共に感動し、夢中になれる瞬間を共有していけることを心待ちにしています。読者の皆様との繋がりが、私にとって最大の励みであり、喜びです。

最後になりますが、心からの感謝と共に、次なる冒険へのお誘いとさせていただきます。

ありがとうございました。

――以上。ChatGPTに考えてもらった後書きです。ぜんぜん真面目じゃなかったです。ごめんなさい。


いやあ、便利ですね、ＣｈａｔＧＰＴ。

「この見積もり高すぎるから、もっと安くしろ」の一文をちゃんとしたビジネスメールに変換してくれたりするんですよ。

今後、小説作りにどう影響していくか、興味津々です。


おふざけはこれくらいにして。嬉しいお知らせが二つあります。

まず、二巻ですが既に刊行が決定しており、夏頃にお届けできる予定です。二巻は完全に書き下ろしですので、ご期待ください！

そして、はり太郎先生によるコミカライズが、同じホビージャパンの「コミックファイア」にて、四月下旬頃に連載開始予定です！

マンガを拝見させていただきましたが、コミカライズならではの魅力たっぷりです。本作を楽しんでいただけた方なら、きっと、マンガ版も楽しんでいただけると思います。

どちらもまさキチにとって朗報ですが、皆様にとっても朗報であれば良いですね。

最後に謝辞を。

執筆を支えてくれた家族のA、T、Y、担当編集氏、素晴らしいイラストを描いていただいたカラスBTK先生、書籍化に携わってくださった全ての方々にお礼を申し上げます。

まさキチ

HJ文庫 https://firecross.jp/
1157

「門番やってろ」と言われ15年、突っ立ってる間に俺の魔力が9999（最強）に育ってました1

2024年4月1日　初版発行

著者――まさキチ

発行者―松下大介
発行所―株式会社ホビージャパン

〒151-0053
東京都渋谷区代々木2-15-8
電話　03(5304)7604（編集）
03(5304)9112（営業）

印刷所――大日本印刷株式会社

装丁――BELL'S／株式会社エストール

Printed in Japan

ISBN978-4-7986-3499-9　C0193

ファンレター、作品のご感想お待ちしております

〒151－0053　東京都渋谷区代々木2－15－8
(株)ホビージャパン HJ文庫編集部 気付
まさキチ 先生／カラスBTK 先生

最強の見習い騎士♀のファンタジー英雄譚、開幕!!

英雄王、武を極めるため転生す ～そして、世界最強の見習い騎士♀～

著者／ハヤケン　イラスト／Ｎａｇｕ

女神の加護を受け『神騎士』となり、巨大な王国を打ち立てた偉大なる英雄王イングリス。国や民に尽くした彼は天に召される直前、今度は自分自身のために生きる＝武を極めることを望み、未来へと転生を果たすが——まさかの女の子に転生!?

シリーズ既刊好評発売中

英雄王、武を極めるため転生す ～そして、世界最強の見習い騎士♀～ 1～10

最新巻 英雄王、武を極めるため転生す ～そして、世界最強の見習い騎士♀～ 11

HJ文庫毎月1日発売　発行：株式会社ホビージャパン